Life is
full of mystery

부디 당신이 무사히
타락하기를

부디 당신이 무사히
타락하기를

무경 장편소설

개막

한잔합시다. 뭘 마시겠습니까?

이거야 원. 술집에 왔는데 당신은 정작 다른 곳에 정신이 팔렸군요. 내가 누구인지 그렇게나 궁금합니까?

나는 악마입니다.

오늘 밤 나는 당신에게, 악마가 인간을 유혹해 타락시킨 이야기를 들려줄 겁니다.

나는 당신에게 흥미로운 이야기를 들려줄 수 있습니다. 원하는 걸 가질 방법을 알려줄 수도 있고, 좀 더 직접적인 도움을 줄 수도 있어요. 당신이 나를 악마라고 믿는 한, 나는 당신에게 많은 것을 할 수 있습니다.

내 이야기를 들어주는 보답으로 술을 사겠습니다. 원하는 만큼 마셔도 좋아요.

참 의심 많은 인간이로군요. 이야기를 들려주고 술까지 사는 게 대체 무슨 속셈 때문이냐고요?

내 무용담을 자랑하고 싶어서 이러는 것뿐입니다. 맨입으로 권하기는 곤란하니 술도 사겠다고 한 거고요.

하지만 아무에게나 이러는 건 아닙니다. 좋은 이야

기는 아무에게나 말할 수 없습니다. 아무렴요, 절대로 안 되고말고요.

좋은 술을 마실 때 좋은 안주가 있어야 하듯, 잘 묵혀둔 재미난 이야기를 하려면 그걸 들을 자격 있는 이가 있어야 합니다. 그런 인간을 찾는 게 꽤 어렵거든요. 항상 수다에 목말라하던 내 앞에 감사하게도 오늘, 당신이 등장한 겁니다. 자격 있는 당신이.

무슨 술을 좋아합니까? 아무거나 내키는 대로 시켜도, 여러 잔을 연거푸 시켜도 됩니다. 코가 비뚤어지도록 취하고 싶다면 병째 시켜도 좋습니다. 말했잖아요? 여기서 마신 술값은 내가 낸다고요. 그러니 주저하지 말아요.

뭘 시키면 좋을지 모르겠나요? 좋습니다.

술을 모르는 이를 위한 방법이 있습니다. 내가 두 가지 술을 제시하면 당신이 그중 하나를 선택하는 겁니다. 물론 나도 둘 중 하나를 고를 거고요.

오늘은 위스키를 마시고 싶군요. 뭐가 좋을까…. 우선 아드벡 10년. 스코틀랜드 아일라섬 특유의 독특한 풍미를 담은 위스키입니다. 다음은 발렌타인 17년. 누구나 다 아는 무난한 향과 맛을 품은 위스키지요.

신중하게, 단 하나를 고르세요.

나는 아드벡을 마실 겁니다. 당신은요?

아드벡을 마시겠다?

좋습니다. 훌륭한 선택을 한 걸 축하합니다. 아드벡은 특유의 석탄 향, 지옥에서 풍겨오는 듯한 향기를 가득 머금은 훌륭한 위스키입니다. 그러니 분명 당신 맘에도 쏙 들 겁니다.

그래요. 내가 지금부터 들려줄 이야기처럼요.

차례

개막 4

치지미포, 꿩을 잡지 못하고 9
폐문조거, 문을 열지 못하고 49
부복장주, 뱃속에 숨기지 못하고 115
낭패불감, 이러지도 저러지도 못하고 191

폐막 232

작가의 말 237

치지미포,
꿩을 잡지 못하고

1

'치지미포 계가비수(雉之未捕 鷄可備數)'라는 말이 무슨 뜻인지 압니까?

한자 그대로 풀면 '꿩을 잡지 못해 닭으로 수를 채운다'입니다. 줄여서 '꿩 대신 닭'이지요. 옛날에 꿩을 잡지 못한 이들이 닭으로 대체하는 경우가 왕왕 있었기에 만들어진 말입니다. 꿩과 닭은 맛이 꽤 비슷하거든요.

난 일을 잘한다고 자부하는 편입니다. '꿩 대신 닭'을 택하지 않으려 애써왔고, 지금까지는 그럴듯하게 일을 해왔습니다. 그래도 때로는 좋은 영혼을 평소의 반의반도 거두지 못하는 경우가 있기 마련이에요.

악마가 말했다고 믿기 어려울 만큼 솔직한 말이라고요? 하지만 사실인 걸 어쩌겠습니까?

운이라는 건 인간과 악마를 가리지 않거든요. 운이 순풍을 불어줄 때는 바람이 절대로 멈추지 않을 듯 기세등등하게 불어옵니다. 나는 그걸 타고 높이 먼 곳으로 당당하게 전진하지요. 하지만 갑자기 바람이 뚝 그치거나 오히려 역풍이 불기도 하죠. 그러면 나는 처음 출발한 곳보다 더 먼 반대편으로 처량하게 날려가 찌그러져버립니다. 게다가 악마 나부랭이에겐 운이 더 심술

굳게 작용하는 것 같아요.

　지금은 한국전쟁이라고 부르는 일이 벌어졌을 때 내 운이 딱 그랬어요. 어째서인지 노렸던 영혼을 번번이 거두지 못했거든요. 참으로 난감했습니다. 악마로 살아오면서 그렇게까지 영혼을 거두기 어려웠던 적이 한 번도 없었거든요.

　악마에게는 전쟁이 좋은 기회 아니냐고요? 인간이 극한으로 몰리면 영혼 또한 더럽혀질 기회가 많아질 거라니.

　당신 말도 맞습니다. 하지만 그때 나는 총으로 하는 전쟁을 너무 얕잡아보았던 겁니다.

　그런 걸 현대전이라고 하지요? 당시 내가 유럽이나 아프리카, 적어도 동남아시아 쪽에 있었다면 이런 전쟁에서 어떻게 해야 할지 미리 감을 잡았을 겁니다. 하지만 평화로운 반도가 내 구역이다 보니 새로운 유형의 전쟁에 제대로 뒤통수 맞아버렸던 겁니다.

　새로운 전쟁은 칼과 창, 활로 싸우던 옛날과는 달라서, 총알과 폭탄이 퍼부어지는 순간 목숨이 순식간에 사라지지요. 겁에 질린 인간을 감상하다가 슬쩍 타락시킬 틈도 없어요! 눈먼 총알이나 갑작스러운 폭격 때문에 눈앞에서 손도 못 쓰고 영혼을 뺏기며, 그만큼 허탈

하고 무서운 게 또 없답니다.

영혼을 못 거두는 게 뭐가 문제냐고요?

악마에게는 일정 기간에 상납해야 하는 영혼 할당량이 있거든요.

게다가 당시 나는 내 일에 깐깐한 기준을 적용하고 있었습니다. 내가 상납하는 영혼의 질이 최소한의 기준선을 넘기도록 애썼던 겁니다. 인간이 봐도 인간 같지 않은 자들이 있지요? 그런 영혼을 지옥으로 보내는 건 내 직업의식이 허락하지 않았습니다. 그래서 나는 어느 정도 수준이 되는 인간의 영혼을 타락시켜 지옥으로 보냈어요. 그전까지는 상납할 영혼의 숫자를 채우지 못해 고전한 적이 한 번도 없었고요.

하지만 그날은 달랐습니다. 지리산 자락을 수색하는 도중에도 영혼 하나를 수거하지 못해 전전긍긍하고 있었어요. 그날 밤까지 비어 있는 한 자리를 채워야 했는데, 내가 노리던 영혼은 도무지 넘어올 기미가 안 보였거든요.

그때가 1951년이었지요. 무척 추운 12월이었습니다.

2

"이 새끼, 똥을 싸러 간 거냐, 만들러 간 거냐?"

곧장 발길질이 날아왔습니다. 맞자마자 억, 소리가 절로 튀어나오더군요. 벌러덩 넘어진 나를 보며 윤 소위가 다시 쏘아붙였지요.

"너 때문에 빨갱이 놈들이 도망가면 씨발, 넌 총살감이야. 알아?"

나는 가만히 듣기만 했습니다. 평소라면 호되게 다그치는 척하면서 더한 괴롭힘으로부터 감싸줬을 박 상사조차 묵묵히 있었거든요.

"죄송합니다!"

"죄송하면 다냐? 죄송하다고 하면 군 생활 끝나느냐고!"

나는 다시 윤 소위에게 걷어차여 구르고 말았습니다.

윤 소위는 부대 안에서도 성질 더럽기로 소문난 자였습니다. 그 성질은 특히 아랫것들에게 유감없이 발휘되었지요. 생긴 것도 욕심이 덕지덕지 붙어서 별명이 '놀부'였습니다. 나로서는 굳이 유혹해야 할 필요를 느끼지 못하는 싸구려 영혼을 가진 자였다는 사실도 덧붙여두지요.

"시간이 없습니다. 그만 갑시다."

박 상사가 그렇게 말하고 나서야 구타는 겨우 끝났습니다.

윤 소위는 계급이야 위이지만 신출내기였고, 박 상사는 산전수전 다 겪은 자였습니다. 윤 소위가 계급으로 박 상사를 찍어 누르려고 시도한 적이 있었지만, 오히려 크게 데이고 말았습니다. 그 뒤로는 윤 소위도 박 상사의 말을 고분고분 따르게 되었지요. 마지못해 한 거지만 윤 소위의 수그리는 자세는 인상적이었지요. 강약약강의 본보기 같았어요.

겨우 몸을 일으키다가 박 상사와 눈이 마주쳤습니다. 눈동자 너머, 전쟁 내내 상처 입었지만 아직은 깨끗한 영혼이 보였지요.

힘껏 타락시킬 가치가 있는 영혼이었습니다. 하지만 어떻게 오늘 밤까지 타락시켜 거둘 수 있을지, 방법이 떠오르지 않았습니다.

사실 용변을 핑계로 자리를 비웠던 건 지옥의 높은 분이 호출해서였습니다. 그분은 끔찍한 울림으로 내게 전했습니다.

하나 부족하다.

여태 악마로 일하면서 듣게 되리라고는 전혀 생각하지 못한 말이었습니다. 기한 내에 보내야 할 영혼이 부족해서 부름을 받다니, 엄청난 굴욕이었지요. 하지만 굴욕 뒤로 곧장 공포가 덮쳐왔습니다. 무저갱에 서서히 잠기는 암담한 절망 말입니다. 영혼을 지옥에 제때 보내지 못한 악마의 처우는, 차라리 내가 영혼 대신 지옥에 떨어지는 편이 낫겠다 싶을 만큼 끔찍하거든요. 어떤 꼴이 나는지 구체적으로 말할 수는 없습니다. 이것도 나름 대외비라서요.

우리는 지리산 길을 일자로 걸었습니다. 박 상사가 선두, 가운데는 윤 소위, 내가 후위였습니다. 목적지를 향해 걸으며 나는 바로 앞에서 어기적거리며 걷는 윤 소위를 보았습니다. 산길을 위태롭게 걷는 그를 보며 충동이 차올랐습니다.

당장에라도 이놈 영혼을 거둬갈까?

자신 있었습니다. 윤 소위 정도의 얄팍한 자라면 말 열 마디, 아니 다섯 마디로 타락시킬 수 있었지요. 운이 좋다면 한 마디로도 충분하고요. 게다가 조건도 좋았지요. 윤 소위는 출세하고 싶은 욕망을 가득 품은 채

부하들을 도구처럼 마구 부려먹었는데도, 어째서인지 그 영혼은 여태껏 타락의 선을 아슬아슬하게 넘지 않고 있었거든요.

하지만 굳이 그러지 않았습니다.

아까도 말했지요? 그때의 나는 원칙이 있는 악마였다고요. 내가 수긍할 만한 이유가 없는 한, 그런 수준 낮은 영혼을 타락시켜 상납할 양을 채울 수는 없었지요.

그날따라 바람이 무척 차가웠던 기억이 납니다. 12월이라 그랬던 탓도 있지만, 곧 닥쳐올지도 모를 나의 파멸이 두려워서였을 겁니다.

얼마나 걸었을까요? 박 상사가 수신호를 보냈습니다. 우리는 걸음을 멈추고 경계 태세를 취했습니다.

숲길 저편으로 불쑥 드러난 평지에 낡은 초막이 서 있었습니다. 산자락 아래 돌담을 낮고 위태롭게 두른 낡고 보잘것없는 초가집이 오후의 노을을 받아 붉은빛으로 물들어 있었습니다. 박 상사가 작게 말했습니다.

"저집니다."

윤 소위는 주위를 살피며 나직이 물었습니다.

"적은?"

"보이지 않습니다."

"연기가 올라오는 걸 보면, 집 안에 누가 있는 것 같습니다."

내가 말하자 윤 소위가 중얼거렸어요.

"그게 사람인지 빨갱이인지는 집 안에 들어가 봐야 확인할 수 있겠군."

"빨갱이 놈들이 매복했을 수도 있습니다."

내 말을 들은 윤 소위가 얼굴을 찌푸렸습니다. 그러자 박 상사가 곧바로 대답했습니다.

"앞장서겠습니다. 엄호해주십시오."

윤 소위의 얼굴에 안도하는 기색이 역력히 드러났습니다.

나는 그 순간 코끝을 스친 두 인간의 것이 섞인 냄새를 기억합니다. 고결한 영혼의 향취와 얄팍한 영혼의 구린내가 섞인 그 묘한 내음 말입니다.

그날 우리에게 주어진 임무는 정찰이었습니다. 초가집에 간 것도 그 때문이었지요.

'수색' 대신 '정찰'이라는 단어를 쓴 걸 유념해주십시오. 우리에게 주어진 임무는 적을 찾기 위해 지리산 자락을 수색하는 것과는 달랐습니다. 우리는 적이 모처에 숨어 있다는 소문을 듣고 그게 사실인지를 확인하러 간 거였어요.

빨갱이 대장이 외딴 초막에 숨었다고 한다. 그 첩보가 사실인지를 확인하라.

당시 국군이 펼쳤던 작전 때문에 빨갱이 대장과 휘하의 몇 명이 외딴 장소로 내몰렸다가 그 집에 숨어들었다는 보고가 올라왔던 거지요.

솔직히 우리를 미끼로 던지는 임무나 다름없었습니다. 하지만 어쩌겠습니까? 인간 중에서도 가장 목숨 값이 싼 게 군인이고, 군인의 값이 가장 싼 곳은 전장 한가운데입니다. 그리고 빨치산이 숨어든 1951년의 지리산 자락은, 나라의 통치력이 미치는 곳이라 선포되었어도 엄연한 전장이었고요.

이 임무에 우리 셋만 움직인 건 윤 소위 탓이었습니다.

그는 어깨에 붙인 계급장을 더욱 높고 화려한 것으로 바꾸고 싶어 안달복달했습니다. 그래서 빨갱이 대장을 붙잡을 가능성이 있는 위험한 임무에 앞장선 거지요. 나와 박 상사는 그의 '특공작전'에서 만약의 사태가 벌어졌을 때 쓸 방패막이였고요.

박 상사가 해준 이야기대로라면, 빨갱이 대장의 이름은… 김씨였나 이씨였나…, 죄송합니다. 기억나지 않는군요. 아무튼 그는 공산주의를 열렬히 따르는 자였고, 추종자들과 함께 지리산에 숨어 유혈 낭자한 무력 투쟁 중이었습니다. 심지어 자기 형제며 아내까지 죄다 데리고 갔어요. 거짓된 이상에 취해서 멀쩡한 가족까지 말려들게 하다니, 참 어리석지 않습니까? 그러고 보니 당시 내가 속한 곳에서는 공산주의는 악이니 공산당을 따르는 자는 죄다 지옥에 갈 거라고, 자유민주주의가 절대선이라고 했었지요. 하지만 지옥에서 유황불 지지고 있는 분 중에는 공산 진영 지도자 못지않게 자유 진영 지도자도 많아요. 당연하지요. 자유니 평등이니 하는 이상을 명분 삼아 서로 죽이고 죽는 짐승 같은 짓을 하도록 부추겼으니 그 영혼이 타락하지 않았을 리가….

아차, 쓸데없는 소리가 길어졌군요.

아무튼 우리는 허름한 초막을 수색하고, 빨갱이 대장이 숨어 있다면 생포하거나 사살해야 했습니다. 그 말은 곧, 빨갱이 대장이 저항한다면 우리 셋이 온전히 감당해내야 한다는 뜻이기도 했지요.

긴장감이 일었습니다. 내 뒤에서 윤 소위가 침을 삼키는 소리가 났습니다. 앞에서 숨을 고르는 박 상사가 보였습니다.

박 상사가 수신호를 보내자 우리는 곧바로 돌입

했습니다.

초막 문을 소리 없이 연 박 상사가 마당을 빠르게 훑어보고는 다시 수신호를 보냈습니다. 아무 이상이 없다는 뜻이었지요. 우리는 재빨리, 소리는 내지 않고 집 안으로 진입했습니다.

마당 한편에 놓인 낫이며 쟁기며 보습 따위에 흙이 뿌옇게 덮인 꼴이 한동안 아무도 손을 댄 적이 없는 것 같았습니다. 그것만 보았다면 빈집이라고 생각했을지도 모릅니다. 하지만 장독대에 있는 열 개가 넘는 항아리의 뚜껑이 모두 깨끗하더군요. 분명 누군가 여기서 생활하고 있는 흔적이었습니다.

박 상사가 나를 보며 부엌 쪽을 가리켰습니다. 윤 소위는 우리 뒤에서 언제든 총 쏠 준비를 마쳤습니다. 박 상사와 윤 소위의 몸에서 땀 냄새가 훅 풍겼습니다. 긴장으로 흘린 땀 냄새, 두 영혼의 본질을 담은 그 짙은 내음을 음미하고 싶었습니다. 하지만 나는 꾹 참고, 명령에 따라 부엌으로 걸음을 옮겼습니다.

모두 위치를 잡자, 박 상사는 한달음에 마루 위로 올라가 방문을 걷어찼습니다.

"국군이다! 움직이지 마!"

"여긴 아무도 없습니다!"

나는 외쳤습니다.

부엌에는 잔불이 남은 아궁이와 따뜻한 김이 올라오는 물 담긴 가마솥, 한쪽 구석에 닦아서 엎어놓은 놋그릇 두 개, 한편에 뽀얗게 먼지 쌓인 채 방치된 그릇과 수저 따위가 전부였습니다. 아, 한쪽에 작은 물그릇도 있었군요. 조왕신에게 뭔가를 빌 때 올리는 작은 물그릇 말입니다. 하지만 그곳에 수상한 자가 있다거나 어딘가로 도망친 흔적은 보이지 않았습니다. 더 경계할 필요는 없을 것 같아서 얼른 밖으로 나왔습니다.

그때 박 상사의 찌푸린 얼굴을 보았습니다. 그의 얼굴에 담긴 건 분명 당혹감이었습니다. 무언가 잘못된 게 분명했습니다. 박 상사 쪽으로 조심스레 다가갔을 때, 왜 그가 그런 표정을 지었는지 알 수 있었습니다.

작은 방 안에는 여자 둘과 갓 태어난 게 분명한 새빨간 갓난아이 하나만 있었습니다. 아기가 울음을 터트렸고, 노파와 며느리가 겁먹은 얼굴로 박 상사를 올려다보았습니다.

빨갱이 대장은 거기에 없었습니다.

3

 아기가 태어난 직후 찾아온 세 명의 손님이라니, 마치 성경 속 동방박사의 모습 같군요. 그 셋이 총을 든 군인이었고, 그곳이 전쟁터였다는 게 달랐지만요.
 이거 참, 엉뚱한 소리를 해서 미안합니다. 지금이야 이런 식으로 감상에 젖은 채 당시를 회상할 수 있지만, 그때는 괜한 생각조차 할 겨를이 없었습니다.
 초가집을 샅샅이 조사했습니다. 지붕과 구들장 틈까지 샅샅이 말입니다. 하지만 누가 숨어 있는 흔적은 전혀 보이지 않았습니다.
 "여기 빨갱이 대장 놈이 숨었다는 신고를 받았다. 그놈은 어디 갔지?"
 박 상사는 세 명, 정확히는 둘을 다그쳤습니다. 갓난아이가 말할 수는 없으니까요. 노파가 뭐라고 웅얼거렸는데 목소리가 탁하고 사투리도 심해서 대체 뭐라고 하는지 알 수 없었습니다. 며느리가 대신 말했습니다.
 "도망쳤어요."
 이 지역 사투리 억양이 약간 섞였지만, 서울말에 가까운 발음이었습니다. 박 상사가 다시 물었습니다.
 "도망쳤다고?"

"이상한 남자가 와서는 총을 겨누며 먹을 걸 달라고 했어요. 먹을 걸 줬더니 다 먹고서는 산속으로 도망가버렸어요."

떨고 있었지만 비교적 침착한 목소리였습니다. 단지 기운이 없어서 그랬던 건지도 모릅니다. 아기는 딱 봐도 태어난 지 하루가 되었을까 싶었으니, 그녀도 몸 푼 지 얼마 되지 않았을 겁니다.

"이년들 봐라? 빨갱이 새끼에게 먹을 걸 줘?"

윤 소위가 카빈 소총을 치켜들었지만, 박 상사가 노려보자 움직임을 멈췄습니다. 박 상사가 아니었다면 소총 개머리판이 분명 노파나 며느리의 머리를 찍었을 겁니다. 윤 소위는 충분히 그러고도 남을 인간이었으니까요. 박 상사가 물었습니다.

"그게 언제지?"

"오늘 아침이에요. 어젯밤에 아이가 나와서 여태 누워만 있었어요. 그래서 차마 그자에게 저항하질 못하고…."

"그놈 말고 다른 자는 없었나?"

여자는 고개를 저었지요.

"재빠른 놈이네."

혀를 차는 윤 소위의 얼굴이 잔뜩 구겨져 있었습니

다. 이걸 어떻게 보고하느냐는 걱정이 절반, 된통 깨질 걱정이 절반이었겠지요. 윤 소위가 곧장 손짓했습니다. 얼른 나가자는 신호였지요. 괜히 여기서 얼쩡거렸다가 다시 산에서 내려온 빨갱이들에게 과녁이 될까 두려워서였을 겁니다.

나는 얼른 말했습니다.

"윤 소위님, 여기서 밥 먹고 가는 게 어떻겠습니까?"

박 상사와 윤 소위가 동시에 날 보았습니다. 당연하지요. 부하 놈이 상관의 명령에 반항하는 거나 마찬가지 아닙니까? 나는 그럴듯한 이유를 던졌습니다.

"돌아가도 배식 시간 놓칠 겁니다. 식어빠진 주먹밥으로 저녁 때우고 싶진 않으실 거잖습니까. 그거라도 남아 있으면 다행이겠지만."

"그러면 밥만 먹고 갈까?"

윤 소위의 얼굴이 밝아졌습니다. 그자를 움직이는 건 무척 쉬웠습니다. 탐욕을 자극하기만 하면 되었거든요. 그중에서도 식욕을 건드리는 말을 던졌으니, 즉각 효과를 볼 수밖에요.

한편 박 상사가 날 쳐다보는 눈빛은 의미심장했습니다. 다행히 그도 고개를 끄덕였습니다. 그는 덜덜 떠는 노파와 며느리에게 말했습니다.

"먹을 걸 좀 주실 수 있습니까?"

며느리가 비틀거리며 자리에서 일어나려 하자, 노파가 한사코 손사래를 치면서 뭐라고 하더군요. 그러고는 노파가 종종걸음으로 부엌에 갔습니다. 윤 소위가 박 상사에게 손짓했습니다.

"따라가 봐. 일단 내가 먼저 밥 먹을 테니, 너희는 그동안 주위를 감시해."

박 상사를 보는 윤 소위의 눈빛이 곱지 않았습니다. 조금 전까지 박 상사가 윤 소위를 제쳐두고 상관인 양 행동한 게 언짢았겠지요. 박 상사는 고분고분 지시를 따랐습니다.

밖으로 나간 뒤 박 상사가 곧장 나를 툭 쳤습니다.

"마 상병, 무슨 생각이야?"

"밥 먹으면서 차근차근 말씀드리겠습니다."

작은 목소리로 대답하고 웃어 보였습니다.

방 안에서 안절부절못한 채 바깥에 선 우리와 다리 쭉 뻗고 앉은 윤 소위를 번갈아 보는 며느리의 시선이 신경 쓰였습니다. 윤 소위는 며느리를 흘끔거리느라 우리는 신경조차 쓰지 않았고요. 며느리가 이런 산골에 처박혀 있는 것치고는 그럭저럭 볼 만한 얼굴이기도 했고,

흐트러진 옷매무새가 윤 소위를 자극했던 것일지도 모릅니다.

아무튼 박 상사와 나는 밖에 서서 주위를 살폈습니다. 평화로운 풍경이었습니다. 사방을 둘러싼 산은 새소리마저 가득해 이곳이 전장이라는 걸 잊을 만큼 아늑했습니다. 지나가는 구름을 보며 남은 영혼 하나를 어떻게 거둬갈지 골몰하고 있는데, 문득 박 상사가 말을 걸었습니다.

"자네, 아내가 있다고 했나?"

목소리가 은근했습니다. 내가 인간들 사이에 들어가려고 그때그때 즉흥적으로 말을 지어내곤 했는데, 그때는 아내가 거제도에 피난 가 있다고 거짓말을 했거든요. 박 상사도 그걸 기억하고 있었던 거지요.

"그렇습니다."

"아이는?"

"아직 없습니다. 전쟁 끝나면 다시 노력해봐야 할 거 같습니다."

"힘내게."

박 상사가 쓰게 웃었습니다. 전쟁 직전에 바람나서 도망친 뒤 생사를 알 수 없다는 자기 아내를 생각했을 겁니다. 참고로 그때 그의 아내는 바람나서 따라간 남자도 얼른 버리고 북한군 장교를 재주 좋게 유혹해 호의호식하고 있었지요. 전쟁이 끝난 뒤 북쪽 땅에서 사상 검증을 당한 뒤 총살형에 처해지기는 했지만….

이야기가 딴 데로 샜군요.

"이 전쟁이 끝나면 윤 소위님도 대학교로 돌아갈 수 있겠지."

며느리에게 뭐라고 말을 걸며 치근덕거리는 윤 소위를 보며 박 상사가 중얼거렸습니다. 나는 입을 다물었습니다. 저 무식한 윤 소위가 서울대학교 출신의 소위 엘리트라는 게 참 희한했거든요. 오히려 소학교나 겨우 나온 박 상사가 훨씬 침착하고 지적으로 보였습니다. 이렇게 겉과 속이 일치하지 않는 기이한 어긋남이야말로 인간의 재미있는 점입니다.

우리 옆으로 다가온 노파가 눈치를 보며 장독 뚜껑을 열고 간장을 떴습니다. 누군가 멀리서 그 모습을 보았다면 평화로운 일상을 담은 풍경화를 떠올렸을 겁니다. 우리가 옆에서 눈 부라리며 총을 들고 있지 않았다면 더더욱 그럴듯했겠지요.

곧 밥상이 나왔습니다. 윤 소위는 허겁지겁 밥을 먹었습니다. 정말로 순식간에 비우더군요. 하지만 정작 그때부터 괜히 미적거렸습니다. 우리가 밥 먹는 동안 저

혼자서만 망보는 게 싫어서였을 겁니다.

"윤 소위님, 곧 해가 집니다."

결국 박 상사가 완곡하게 말하고 나서야 윤 소위는 느릿느릿 일어나 군화를 신고 나왔습니다.

방에는 밥상에 남은 밥과 반찬이 우리를 기다리고 있었습니다. 밥과 국은 그래도 인원수에 맞게 세 그릇씩 놓여 있었지만, 담은 모양새가 초라하고 지저분해서 눈에 영 거슬렸습니다. 심지어 박 상사 앞의 밥그릇은 갓 씻은 채라 물기가 남아 질척거리더군요. 반찬도 거의 없었습니다. 그릇에 남은 흔적을 보면 윤 소위가 그나마 있던 것도 싹 다 먹은 것 같았습니다. 남은 건 차갑게 식은 잡곡밥인지 곡식 범벅인지 모를 밥 한 덩이와 푸성귀 조금 썰어서 희멀겋게 된장을 푼 식은 국, 벌레 먹은 잎이 보이는 김치 몇 쪽, 바닥을 드러낸 간장 종지가 전부였지요.

하지만 전쟁 중에는 이런 밥상도 감지덕지입니다. 우리는 급히 수저를 놀렸습니다.

밥을 먹다 말고 나는 문득 물었습니다.

"애 이름은?"

멍하니 있던 며느리가 깜짝 놀라서 대답하더군요.

"아직 못 지었습니다…. 남편과 상의해야지요."

나는 아기를 가만히 바라보았습니다. 태어난 지 하루가 채 되지 않은 새빨간 아기는 눈도 뜨지 못하고 다시 잠들어 있었습니다. 자그마한 손가락을 살짝 건드려 보았습니다.

과연 이 아이는 제대로 클 수 있을까? 나중에 지옥으로 거둬갈 만큼 영혼이 무르익을 수 있을까? 이 전쟁터에서 그런 온전한 시간을 누릴 수 있을까?

내가 속으로 한 생각을 당연히 박 상사가 알아챌 리 없었지요. 부지런히 수저를 놀리며 박 상사가 물었습니다.

"남편은 어디 갔소?"

며느리가 작게 답했습니다.

"애를 낳았으니 미역이라도 구해오겠다며, 아침에 밥술만 뜨고 급히 나갔습니다. 그러고는 아직…."

"어디로 간다는 말은 하지 않고?"

"근처에 혹 장이 섰는지 가보겠다고는 했습니다만…."

다시 대화가 끊어졌습니다.

장독대 앞에서 짝다리를 짚고 삐딱하게 서 있는 윤 소위가 보였습니다. 불만 가득한 얼굴로 우릴 노려보고 있더군요. 박 상사와 나는 얼른 수저를 놀렸습니다. 윤 소위가 괜히 미적거린다며 별의별 심술을 부릴지도 몰랐으니까요.

"마 상병."

박 상사가 나를 툭 건드렸습니다. 왜 밥 먹고 가자고 한 건지 물어보려는 거였지요. 하지만 나는 못 들은 척, 마침 방에 돌아온 노파에게 물었습니다.

"어르신은 식사하셨소?"

"어머님은 아직 안 드셨습니다. 이제 새로 차려야지요."

며느리가 대신 대답했습니다. 나는 고개를 끄덕여 보이고는 곧바로 목소리를 높였습니다.

"박 상사님, 국이 영 싱겁지 않습니까?"

그러면서 박 상사에게 눈짓을 보냈습니다. 박 상사는 신호를 알아채고 고개를 끄덕이더군요. 나는 얼른 말을 이었습니다.

"여기 간장 한 종지만 더 떠주시겠소? 묵은 거 말고 새로 담근 걸로. 묵은 건 너무 진해서 별로란 말이야."

노파가 다시 일어서려고 하더군요. 그래서 나는 얼른 크게, 위협적으로 보이면서도 협박은 아닌 것처럼 손을 휘휘 휘둘렀습니다.

"거, 할매는 날도 찬데 무릎 시리지 않소? 아주머니가 좀 다녀오시오."

"하지만…."

아기를 품에 안고 다독이던 며느리가 당혹스러운 얼굴로 뭐라고 말하려 하더군요. 그래서 나는 얼른 무릎걸음으로 다가가 안고 있던 아기를 대신 들었습니다. 아니, 빼앗았다고 하는 게 맞을까요?

"잠깐이면 되지 않소. 애는 내가 보겠소. 내가 이래 봬도 아기를 많이 돌봤었거든. 안 울릴 자신 있소."

노파가 뭐라고 다시 웅얼거렸지만 나는 무시하고 괜히 웃음을 지어 보였죠.

"얼른 다녀오시오. 밥 다 식겠소."

이미 차게 내온 밥이었지만, 일단 이런 건 말이 중요한 거니까요.

잔뜩 굳은 얼굴로 며느리가 자리에서 일어났습니다. 며느리는 밥상 위 빈 종지를 들고 힘겹게 마루 아래로 내려갔습니다. 윤 소위의 비릿한 눈길이 그녀를 향하는 게 보였습니다.

그녀가 장독대로 가서 장독 하나를 열더니 곧바로 뚜껑을 닫고 옆의 뚜껑을 열었습니다. 그렇게 세 번째 장독을 열고 나서야 간장을 퍼 담았습니다. 그녀의 얼굴이 굳어진 게 멀리서도 똑똑히 보였습니다.

"고맙소."

다시 방에 돌아와 그녀가 간장 종지를 밥상에 내려놓자, 박 상사가 말했지요. 그의 눈은 그녀를 날카롭게 응시했습니다. 분명히 조금 전과는 다른 눈빛이었지요. 내가 생각한 대로였습니다.

자, 과연 이자는 어떻게 할까?

박 상사가 국물을 들이켜는 걸 보며 나는 속으로 생각했습니다. 지금 그에게는 여러 선택지가 제시되었고, 그는 그중 하나를 선택해야 합니다. 최악의 것 하나만 제외한다면, 나로서는 어찌 되든 좋은 결말이 기다리고 있었지요.

하지만 그때 나는 오만했던 겁니다. 운명은 여전히 내게 역풍을 퍼붓고 있다는 걸 잊었던 거지요.

국그릇을 내려놓은 박 상사가 말했습니다.

"일어나자."

"네?"

나는 저도 모르게 되물었습니다.

"얼른 부대 복귀해서 보고해야지. 윤 소위님도 오래 기다리셨다."

박 상사의 표정은 굳어 있었습니다. 하지만 그의

눈빛은 고결하게 빛나고 있었지요.

아차. 나는 속으로 욕을 내뱉었습니다. 박 상사가 최악의 선택지를 고른 걸 깨달았거든요.

4

부대로 복귀하던 그때의 산길을 잊을 수 없습니다. 어둡고 험한 길을 싸구려 군홧발로 내딛는 막막함을 대체 뭐라고 설명할 수 있을까요?

모든 게 끝장날 판이 되자 절망감이 좀먹어 들어갔습니다. 게다가 가는 길 내내 바로 뒤에 선 윤 소위가 선두의 나를 계속 걷어차기까지 했습니다.

"허탕 친 거, 다 너 때문이야. 네가 느려터져서 빨갱이 새끼 도망칠 시간 준 거잖아, 응?"

따지고 보면 윤 소위가 느려터진 게 더 큰 원인이었겠지만, 내가 영혼이 모자란다는 말을 듣고 오느라 늦은 탓도 있으니 그냥 묵묵히 있을 수밖에요. 인간 사회의 군대라는 곳은 계급 때문에 변명은 허용되지 않았지요.

뭐, 사실 구타는 전혀 아프지 않았습니다. 악마는

물리적인 폭력 따위는 무시할 만큼 튼튼하기도 하고, 고통을 회피하는 기술도 있거든요. 하지만 정신적 피로, 울컥 솟구치는 짜증, 그리고 그 위를 짙게 뒤덮는 절망은 어쩔 수 없었어요. 그렇게 더러운 기분은 난생처음이었습니다.

그런데 그거 아십니까? 극한의 스트레스를 받으면 별안간 좋은 생각이 떠오르기도 한다는 것을요. 윤 소위에게 걷어차여 구를 뻔한 순간, 머릿속에 딱 그런 게 떠올랐던 겁니다.

"이상하지 않습니까?"

나는 아주 작게 속삭였습니다. 아, 이건 영업 비밀인데, 악마는 특정한 인간에게만 들리도록 속삭일 수가 있습니다. 맨 뒤에 있는 박 상사에게는 들리지 않게, 하지만 바로 뒤에 있는 윤 소위의 귀에는 들리게 하는 기술이 있었지요.

"밥상에 올라온 밥그릇 중 박 상사님 그릇에만 물기가 묻어 있는 걸 보셨을 겁니다. 뭔가 부자연스럽지 않습니까?"

"그게 왜?"

윤 소위가 부루퉁하게 되물었습니다.

속으로 욕했습니다. 이 나라에서 가장 좋은 대학에

다닌다는 놈이 머리 돌아가는 게 고작 이따위라니….
나는 애써 침착하게 말을 이었습니다.

"그 집에 있던 건 셋이고, 며느리 말대로 장에 갔다는 남편까지 포함하면 넷입니다. 갓난아이를 빼면 밥그릇이 필요한 인간은 일단 셋일 겁니다. 그런데 아침에 세 명이 식사했다면, 왜 박 상사님 그릇에만 물이 묻어 있었던 겁니까? 밥 먹고 나서 설거지했으면 그릇은 그 사이 다른 두 그릇처럼 말랐거나 셋 다 똑같이 젖어 있어야 합니다. 밥그릇 하나에만 굳이 물기가 묻어 있을 이유는 없습니다. 우리 셋에게 밥을 내주려고 할 때, 피치 못하게 그 그릇을 씻어야 할 사정이 있는 게 아니라면 말입니다."

다른 이들도 수색하면서 부엌을 살폈습니다. 그들도 부엌에 쓴 흔적이 있는 밥그릇이 두 개이고 나머지 그릇엔 먼지가 쌓여 있는 걸 보았을 겁니다.

그러나 윤 소위는 여전히 무슨 말인지 눈치채지 못했습니다. 그자는 좋은 집에서 태어났고, 그때는 남자는 손에 물 묻혀서는 안 된다는 웃기는 이야기가 통하던 시대였으니까요. 할 수 없이 나는 박 상사에게는 들리지 않게 말을 덧붙여야 했습니다.

"저 집에 남자는 없을 겁니다. 아니, 있었지만 꽤 오래 집을 비웠을 겁니다. 오늘 아침이 아니라 오래전에 집을 나갔을 겁니다."

"그걸 네가 어떻게 알아?"

"마당의 농기구에 먼지가 자욱이 쌓여 있었지 않습니까? 오랫동안 아무도 잡지 않았다는 겁니다. 남자가 있었다면 분명 겨울에 보리밭이라도 일구려 했을 테고, 그러면 농기구에 먼지가 그렇게까지 쌓여 있진 않았을 겁니다. 그걸 보면 저 집 남자는 오래전에 집을 떠난 게 분명합니다. 그런데 애 낳은 여자는 남편이 아침에 밥 먹고 나갔다고 말했습니다. 왜 그런 거짓말을 했겠습니까?"

드디어 멍청한 윤 소위의 얼굴에도 의심이 깃들었습니다. 나는 얼른 말을 이었습니다.

"그래서 일부러 며느리에게 간장을 더 달라고 했던 겁니다. 그것도 새로 담근 간장으로 말입니다."

"그게 어쨌다고?"

그것까지 되묻는 윤 소위의 면전에 대고 머저리라고 욕하고 싶었습니다. 하지만 엄청난 인내심을 발휘해 겨우 참아낼 수 있었습니다.

"그때 며느리가 어떻게 했습니까? 장독 뚜껑을 세 번이나 열었습니다."

멍청한 자가 여전히 이해하지 못하는 눈치여서 굳이 설명을 덧붙여야 했습니다.

"세 번입니다. 제가 장을 여러 개 가져와달라고 한 게 아니지 않습니까? 전 분명히 새로 담근 간장을 달라고 했습니다. 그런데 며느리는 갓 담근 간장독을 세 번이나 열어보고서야 겨우 찾은 겁니다."

윤 소위가 그때야 상황이 어떻게 된 건지를 파악한 모양이었습니다. 그가 발걸음을 멈추려고 해서 나는 급히 말했습니다.

"걸음을 멈추지 마십시오. 박 상사님이 눈치채기 전에 말입니다."

"…뭐?"

"박 상사님도 제가 의심쩍어한 것을 다 보았고 수상하다는 것도 알아차렸습니다. 하지만 우리더러 그냥 부대로 복귀하자고 했습니다. 대체 왜 그랬겠습니까?"

윤 소위가 입을 다물었습니다. 그의 머릿속에 꽤 그럴듯한 이야기가 하나 불쑥 떠올랐을 겁니다. 나는 일부러 모두에게 들리도록 큰 소리로 말했습니다.

"서두릅시다. 어서 돌아가야 합니다."

박 상사가 대답했습니다.

"그래, 어서 서두르자."

내 뒤의 윤 소위도 음, 하고 대답인지 신음인지 모를 소리를 냈습니다.

 나는 히죽 웃었습니다. 맨 앞에 섰기 때문에 내가 지은 득의만만한 미소를 두 인간이 볼 리 없었습니다.

 그때 윤 소위의 눈을 보았다면 참 좋았을 것 같습니다. 인간이 타락하는 순간의 눈빛은 참으로 볼 만하거든요. 아무리 그 영혼이 보잘것없다고 하더라도 말입니다.

5

 박 상사는 부대로 복귀하는 산길에서 여전히 갈등하고 있었을 겁니다.

 빨갱이 대장의 아내를 체포하러 돌아가야 하나?

 하지만 갓 해산한 여인을 체포할 수는 없지 않나?

 머릿속에 고민을 잔뜩 집어넣은 채 번민하던 박 상사에게, 나는 복귀 신고를 하기 직전에 그의 귀에만 들리게 속삭였습니다.

 "박 상사님, 서두르십시오. 윤 소위님도 뭔가를…."

 지옥의 우두머리께 맹세코, 딱 거기까지만 말했습

니다! 무슨 말을 하려는 건지 명확하지 않게, 하지만 듣는 이에게 그럴듯한 상상을 불러일으킬 만큼만.

그렇게 나는 박 상사에게도 씨앗 하나를 던졌습니다. 사실 그것 또한 도박이었습니다. 박 상사에게 던진 씨앗은 급히 만든 것이었고 싹이 틀 가능성은 낮아 보였습니다. 하지만 농부는 모든 씨앗에서 싹이 트길 기다리지 않습니다. 싹이 튼 걸 잘 키우면 될 뿐, 그전까지는 부지런히 씨앗을 뿌려야 하는 거지요.

윤 소위는 생각한 대로 움직였습니다. 곧바로 높은 분에게 달려가서, 박 상사가 빨치산과 밀통했고 빨갱이 대장의 아내를 뻔히 보고도 모른 척 놔주었다고 보고했습니다. 그럴듯한 이야기 아닙니까? 우리 안에 배신자가 있다. 그리고 나는 그게 누구인지 안다! 조지프 매카시라는 미국인도 그렇게 톡톡하게 재미를 봤지요. 인간은 진실보다는 그럴듯한 이야기에 더욱 혹하는 법이니까요.

뭐, 딴에는 그럴듯하게 꾸몄지만, 하나하나 따지고 들면 허점투성이였습니다. 여자의 정체가 무엇인지, 정말로 빨갱이 대장의 아내인지 혹은 빨갱이 여대원인지를 윤 소위가 대체 어떻게 알 수 있었겠어요?

하지만 소도 뒷걸음질치다가 쥐를 잡는다지요? 윤

소위가 그럴듯하게 만들어낸 이야기는 놀랍게도 사실과 맞닿아 있었던 겁니다.

아무튼 윤 소위의 밀고가 더 빨랐습니다. 박 상사는 즉시 체포되어 다음 날 총살당했지요.

네? 내가 악마라는 게 거짓이라고요? 어째서죠?

내가 박 상사의 영혼을 노렸다고 했지만, 결국 영혼을 그날 거두어가지 못하지 않았느냐고요? 그가 다음 날 총살당해 죽었다면 하루가 늦은 건데, 지옥이 하루 늦은 걸 관대하게 봐주는 곳이라면 내가 그렇게 두려움에 떨었을 리 없다?

날카롭군요. 지옥이 시간에 깐깐하다는 건 용케 맞혔습니다. 하지만 나머지는 틀렸습니다.

그날 거둬간 건 박 상사의 영혼이 아니었습니다. 내가 지옥에 끌고 가 높은 분께 바친 건 윤 소위의 영혼이었거든요.

박 상사가 체포된 그날 밤, 공비 소탕 작전을 위해 각 부대에서 차출된 병사들이 초가집을 덮쳤습니다. 윤 소위가 그들을 이끌고 앞장서서 달려갔어요. 그자가 그렇게 재빠르고 민첩하게 움직이는 건 처음 봤습니다. 며느리로 위장해서 갓 해산한 빨갱이 대장의 아내와 아기를 생포하자고 작전을 제안한 게 윤 소위였거든요. 작전이 성공하면 공적을 인정받게 될 테니 더더욱 솔선수범해 움직였겠지요.

그때까지만 해도 나는 윤 소위가 꿩 대신 닭을 선택했다고 여겼습니다. 윤 소위가 빨갱이 대장 대신 대장의 아내를 잡아서 공적을 챙기려는 속셈이라고, 그렇게 짐작했던 겁니다. 하지만 윤 소위는 생각했던 것보다 더 똑똑했어요.

윤 소위가 세운 작전은 이랬습니다. 빨갱이 대장의 아내를 생포한 뒤 산에 숨은 빨갱이 대장과 공비 무리를 협박하려던 것이었지요. 아내와 갓난아기를 체포했으니 어서 항복하라고, 그러지 않으면 둘을 죽이겠다고 외치는 겁니다. 윤 소위의 작전은 그가 대학 다닐 때 읽은 《시튼 동물기》에서 인간이 늑대에게 한 짓을 떠올리고 세운 것 같았습니다. 나는 그제야 윤 소위가 서울대를 나온 지식인이라는 걸 실감할 수 있었어요.

하지만 윤 소위는 빨갱이 대장의 아내에게 덤벼들다가 그녀가 숨기고 있던 권총에 목이 꿰뚫려 허무하게 죽고 말았습니다. 그녀도 윤 소위가 쏜 총알에 목숨을 잃었지만요.

윤 소위는 죽었지만 정작 그의 작전은 여전히 살아 있었습니다. 국군 쪽에서는 작전대로 그자의 아내와 자식을 생포했다는 거짓 소문을 흘렸습니다. 어떻게 해야 할지 갈피를 잡지 못하던 빨갱이 대장은 얼마 뒤 믿었던 동지들에게 사살되었습니다. 대장이 자기들을 배신할 거라는 의심을 받았기 때문이지요.

위스키가 맛있군요.

왜 안 드시는 겁니까? 이 석탄 같은 향취, 지옥의 무저갱 같은 맛이 참 좋지 않습니까? 맛있는 술, 재미있는 이야기, 탐스러운 영혼이 어우러진 이 분위기를 즐겨보세요.

이야기로 돌아가죠. 갓난아기가 어찌 되었는지는 모르겠어요. 그때 제 어미와 자신을 돌봐준 노파의 피를 뒤집어쓰긴 했지만, 초가집에서 유일하게 살아남은 인간이었거든요. 곧 죽었을지, 어떻게든 무사히 컸을지는 알 수 없군요.

한편 윤 소위는 토벌 작전의 수훈을 세운 공적으로 두 계급 특진했습니다. 그토록 바라던 승진을 하게 된 겁니다. 하지만 죽은 뒤에 계급이 올라 좋을 게 뭐가 있나요?

윤 소위가 타락할 시간이 있었냐고요?

무슨 소립니까? 그는 그날 이미 타락했습니다. 부하를 거짓 모함으로 팔아넘겼고, 약하고 곤란한 처지에 놓인 이들을 구하기는커녕 비참하게 이용하려 했습니다. 다른 인간을 생각하는 마음이 사라지고 자기의 욕망에만 온전히 몸담은 순간, 얄팍한 영혼은 타락하고 인간이길 그만둔 겁니다.

스스로 인간이길 포기한 자가 죽자마자 나는 영혼을 수거해 바로 갖다 바쳤습니다. 내 기준을 낮춰버린 질 나쁜 영혼을 바친 굴욕적인 일은 그렇게 끝났습니다.

나는 다음 날부터 아주 질 좋은 영혼들을 곧바로 수거할 수 있었습니다. 박 상사는 결국 의심을 품었습니다. 내가 던졌던 마지막 말에 그럴듯한 싹이 텄던 겁니다. 그는 윤 소위를 모함하려 했습니다. 윤 소위야말로 빨갱이들과 내통하고 있다고, 빨갱이들이 매복한 곳에 국군 병력을 유인하려 했다고 보고하려 했지요. 윤 소위가 자기를 해치려 한다고 여겼기에 그는 거침없이 거짓말을 했습니다.

아까 말했지요? 윤 소위가 좀 더 빨랐다고요.

다음 날 아침, 나는 박 상사가 즉결처분당하는 모습을 처음부터 끝까지 지켜보았습니다.

박 상사는 구타당해 얼굴에 잔뜩 피멍이 든 채, 기

등에 밧줄로 얼기설기 묶여 꿈틀거렸습니다. 그는 총살당하기 직전까지 고래고래 외치더군요.

"나는 결백해! 윤 소위가 빨갱이다! 그놈을 죽여!"

죽음의 공포 앞에서 그는 그렇게 보기 좋게 타락했습니다. 거짓말을 해서라도 다른 인간을 해치고 자신은 살아남으려는 썩어빠진 영혼으로 변질된 거지요.

물론 국군을 배신했다는 죄목이 씌워진 자의 말을 들을 인간은 없었고 총알은 참과 거짓을 분별하지 않습니다. 거짓을 외치다 죽은 갓 더럽혀진 박 상사의 영혼은 곧바로 내 것이 되었지요.

박 상사의 영혼을 수거하자마자 나는 곧바로 빨갱이 대장과 부하들 사이에 잠입해 양쪽을 이간질했습니다. 아, 당연히 빨갱이 대장이 배신자로 몰려 죽은 것 역시 내가 꾸민 농간입니다. 그자들의 영혼 역시 금방 내 것이 되었고요.

이제야 알겠습니까? 내가 윤 소위의 영혼을 바친 이유를.

나중을 위한 수지맞는 장사 때문에, 나는 그때 꿩 대신 닭을 택했던 겁니다.

막간

 이야기는 재미있었습니까?

 술이 맛있군요. 아드벡 10년도 꽤 마음에 드네요. 평소엔 더 높은 등급인 아드벡 코리브레칸을 즐겨 마시지만, 재미난 추억 이야기를 곁들이니 이것도 썩 괜찮아요. 맛있는 술, 재미있는 이야기, 탐스러운 영혼! 이것들이 어우러지면 참으로 즐겁습니다.

 왜 잔이 아직도 거의 그대로인 겁니까? 술이 입에 안 맞았습니까? 내 이야기가 지루해서 입맛 떨어졌을 리는 없을 텐데요.

 술이 낯설다?

 아드벡은 호불호가 명확히 갈리는 술이지요. 짙은 피트 향이 매력적이지만, 그걸 모르는 인간이 맛본다면 분명히 기분 나쁘게 느낄 겁니다. 뭐 이딴 게 다 있냐고, 지옥에서나 먹을 게 대체 왜 여기 있냐고 따졌겠지요. 위스키를 잘 모르는 당신에게는 취향이고 뭐고 아무것도 없는 자도 좋아할 만한 술을 권했어야 했나 봅니다.

 애매한 시간이군요. 세상은 어두워졌지만, 깊디깊은 어둠은 아직 시작되지 않았어요. 내 잔만 너무 이르게 비어버렸을 뿐.

나는 한 잔 더 시켜야겠습니다.

새 술이 나왔군요. '새 술은 새 부대에'라고 하지요. 그 말을 바꿔서, '새 술은 새 이야기에'라고 말하고 싶군요.

이번엔 어떤 이야기가 좋을까요? 어중이떠중이 모두 그럭저럭 좋아할 만한 재미난 걸로, 웬만한 이들이 다 알 법한 소재로 만든 이야기를 골라야 할 텐데요….

아, 이번에는 이게 좋겠습니다.

당신도 좋아할 만한 게 생각났어요. 여러 인간이 자기가 선량하다고 목 놓아 외치다가 결국 추악하게 일그러진 기묘한 이야기가.

하지만 당연한 결과이기도 합니다. 인간 행위의 결과물이 바로 악이니까요.

인간은 악을 실천해야 마땅한 존재입니다. 자기가 선이라고 외치는 인간들이 모인 곳에서 얼마나 악이 크게 피어나는지 보세요. 거기서 악마가 하는 일은 없습니다. 인간이 악을 저지르고, 악마는 그럴듯하게 연출할 뿐입니다.

인간의 의지를 무시하지 말라고요? 선을 추구하며 노력한 인간들은 결국 어떻게든 선한 결과를 만들어냈다?

 그런 순진한 견해를 들으니 더더욱 이 이야기를 고르길 잘했다는 확신이 들었어요.
 그러면 시작해보지요.

폐문조거,
문을 열지 못하고

1

 1990년대는 참으로 다사다난한 시기였습니다. 그렇게나 혼란스럽던 때가 또 있었나 싶어요. 급변하는 국제 정세, 사방에서 터지는 사건 사고, 불쑥불쑥 고개 내미는 흉악 범죄 등등. 그 변화의 물결에 휘말려 인간들은 악착같이 타락해 갔습니다. 그러니 악마로서도 참으로 부지런하게 열심히 살아야 했습니다.

 그중에서도 1992년은 유별나게 혼란스러운 해였습니다. 그때 무슨 일이 있었냐고요? 당신도 알 겁니다. 온 세상을 뒤흔든 휴거 소동의 해였으니까요.

 휴거는 기독교적 종말론 중 하나입니다. 약속의 때가 오면 하나님을 믿는 이들이 들어올려져 천국으로 간다는 거지요. 혼돈에 빠진 지상의 인간들과 경건히 하늘로 올라가는 인간들을 대비한 이미지를 내세우며 홍보했습니다.

 당시 언론에서 특정 교단과 인물을 주목했지만, 그들만 휴거를 외친 건 아니었습니다. 휴거를 암묵적으로 인정한 곳도 있었고, 노골적으로 자기들 것인 양 홍보하던 곳도 있었습니다. 심지어 사이비 종교에서도 휴거를 외쳤어요. 그러다 모두의 눈앞에서 휴거가 거짓임이 드러난 겁니다.

 소동은 가라앉았지만 후유증이 남아 있었습니다. 어느 사이비 종교 교단의 은밀한 사유지에서도 그에 얽힌 사건이 벌어졌습니다.

 신도들은 그곳을 '천당원'이라고 불렀습니다. 천당의 정원이라는 정결한 이름이었지만, 그 대지에서 농부라고 불리는 신도가 홀로 보리, 콩, 땅콩, 율무, 감자, 당근, 토란, 상추, 순무 등을 키웠기 때문에 언제나 눅진한 거름 냄새가 풍겼습니다. 출입은 엄격하게 통제되었습니다. 허락받은 이에 한해 외출할 수 있었을 뿐, 나머지 신도들은 천당원 안에서 지냈지요. 신도들은 기도하며 나를 천국에 들여달라고 간구했습니다.

 광활한 대지 한가운데 서 있는 두 채의 건물은 성전 건립을 위해 모금한 결과물이었습니다. 단층인 회개소는 집회용으로 쓰는 아담한 건물이었고, 이층짜리 구원관은 신도들이 생활하는 건물이었습니다. 회개소는 늘 불을 밝혀서 밤에는 등대처럼 환하게 빛났고, 구원관은 실용적 목적으로 쓰는 건물이라 방도 여럿 있었고 규모도 컸지요. 둘 다 출입문은 하나뿐이고 창문도 몇 개 없는 가건물이었습니다. 큰돈을 모금해서 겨우 그런 건물을 지었는데도 신도들은 이상하게 여기지 않았었습니다.

내가 '앉았었다'라고 과거형으로 말한 걸 유의해주십시오. 10월 28일에 휴거가 거짓으로 밝혀지자 그제야 이상함을 느낀 신도가 잔뜩 등장했으니까요. 그전까지 맹목적으로 교주를 따르던 자들은, 휴거 소동 이후 거짓 가르침을 믿고 재산을 헌납한 게 죄다 교주 탓이라고 외쳤습니다. 즐거운 난장판이 벌어졌지요.

11월 초 어느 날, 해가 저문 후 구원관의 방 하나에 신도들이 모였습니다. 그들은 천당원에 침입한 자들을 찾아내어 그리로 끌고 간 참이었습니다. 수상한 자들은 커다란 토란잎 뒤에 몸을 숨긴 채 구원관 창문을 넘어 침입하려다가 바로 직전에 문지기 당번이던 신도에게 발견되었지요.

침입자는 두 명이었습니다. 그들을 철제 의자에 앉힌 뒤 신도들이 주위를 둘러쌌습니다. '둘러쌌다'라고 했지만 사내 셋이 전부였습니다. 다들 피로에 찌든 몰골이었지만 기세만큼은 드높았습니다.

"당신들은 우리 영토에 침입한 죄를 저질렀습니다. 신성한 땅을 흙발로 더럽힌, 지상의 죄와 하늘의 죄를 동시에 범한 겁니다. 알겠습니까? 당신들의 중죄를."

침입자들을 내려다보며 엄정하게 말하는 이는 교단

의 이인자인 부총재였습니다.

왜 부교주가 아니라 부총재라고 부르냐고요? 어디 보자, 교단의 이름이 '세계평화'와 '치유', '종말'과 '구원'이 섞인 명칭이었는데…. 기억나지 않는군요. 어쨌든 그럴듯한 이름을 지은 뒤 교주는 자신을 '총재'라고 칭했습니다. 당시 정당 당수를 총재라고 부른 것처럼 말입니다. 이인자를 부총재라고 한 건 그 때문입니다.

"회개하세요!"

"회개합니다, 회개합니다."

부총재의 선창을 따라 신도들이 연달아 중얼거렸습니다. 공포영화 감독이 보았다면 옳다구나 하고 써먹을 장면이었어요. 정작 침입자들은 동요하지 않았지만.

"회개?"

비쩍 마른 안경잡이 사내가 중얼거렸습니다.

"그러면 경찰에 신고하세요. 수상한 놈이 들어왔다고 말입니다."

침입자 주제에 왜 저렇게 당당하게 말하는지 영문을 몰라 신도들이 웅성거렸습니다. 이유는 곧 밝혀졌습니다. 사내가 귀퉁이가 구겨져 접힌 명함을 꺼내 보였는데, 유명한 신문사 이름이 새겨져 있었거든요.

"난 기자입니다. 천당원에서 하는 일에 흥미가 있어

서 일부러 여기까지 찾아온 겁니다. 그런데 왜 윽박지르는 거죠?"

방 안이 조용해졌습니다. 당황해하는 신도들을 보며 기자로 밝혀진 사내는 웃었습니다.

기자는 옆에 앉은 이의 무릎을 툭 쳤습니다. 함께 천당원에 잠입한, 탄탄한 몸과 날카로운 시선이 위압적인 남자였습니다. 하지만 그는 침묵할 뿐이었습니다. 그에게 말을 시키는 걸 포기하고 기자가 대신 소개했습니다.

"신고할 필요도 없습니다. 나와 함께 온 이분이 경찰이니까요."

경찰이라고 소개받은 사내는 새카만 비닐 점퍼 주머니에서 수첩을 꺼냈습니다. '경찰청'이라는 글자와 마크가 또렷이 새겨진 검은 수첩을 보자 신도들은 더욱 동요했습니다. 수첩 안 공무원증에도 경찰의 얼굴과 이름이 보였지요.

기나긴 군부 통치가 종식되고 문민정부가 들어섰지만, 아직도 경찰을 두려워하는 이가 많았습니다. 경찰이 폭력을 써도 다들 못 본 척했습니다. 그런데 신도들은 감히 경찰을 붙잡아 감금한 상황이었지요.

당황한 신도들의 시선이 부총재에게 모였습니다.

부총재의 목소리가 정중해졌습니다.

"무례를 용서해주십시오. 우리는 언제나 대한민국의 무궁한 발전을 위해 사회에 드리워진 어둠을 말소하려 불철주야 애쓰는 건전한 단체입니다. 두 분이 먼 곳까지 수고롭게 오신 건, 뭔가 착오가 있어서인 것 같습니다만…."

경찰이 부총재를 노려보았습니다. 기자 역시 부총재를 응시했습니다.

"당신이 이곳의 이인자로 교단의 모든 걸 총괄한다고 들었습니다. 명문대를 졸업한 사람답게 유능해서, 당신이 없으면 교단이 돌아가지 않는다던가요? 그런 사람이 어떻게 이상한 가르침에 빠졌는지는 모르겠지만."

"그건…."

"당신은 대학교 재학 중에 이곳에 처음 몸담았고, 졸업한 뒤 본격적으로 활동했지요. 당신이 교단의 다양한 일을 맡아 처리한 공로를 높이 사서 교주가 '부총재'라는 직함을 주고 이인자로 대우했지요. 내 말이 맞습니까?"

기자가 부총재와 험상궂게 생긴 이, 심약해 보이는 이를 보며 말했습니다.

"그런데 얼마 전 흥미로운 제보를 받았습니다. 교

주가 자신을 신앙의 대상으로 삼았다, 신도들을 속여 재산을 갈취했다, 신도에게 마구 침을 찌르며 학대했다, 그런 끔찍한 이야기였어요. 그보다 더한, 범죄나 다름없는 일이 벌어졌을 가능성도 있겠지요."

"누굽니까? 누가 그따위 거짓말로 총재님을 음해한 겁니까?"

당혹감과 분노를 누르고 부총재가 물었습니다. 기자는 대답하지 않았습니다.

"엿새 전에 교주가 '구원의 문'이라고 부르는 방에 혼자 들어갔지요? 7일간 거기서 기도할 거라면서."

"그걸 어떻게 당신이… 우리만 아는 건데…."

혼자 중얼거리던 문지기는 부총재가 노려보자 급히 입을 다물었습니다.

"교주 혼자 은밀한 곳에 틀어박힌 이유는 뭡니까? 기도하는 척하면서 몰래 도망치려는 게 아닙니까?"

"그건 우리를 음해하려는 자들의 허튼소리일 뿐입니다. 기자님, 아직 엿새밖에 지나지 않았습니다. 내일 구원의 문 내부를 기꺼이 공개하겠으니, 그때 다시 와주십시오. 멀리서 힘들게 오셨는데 돌아가실 차비가 필요하겠지요? 잠깐만 기다려주십시오. 금방 성의를 준비할 테니…."

평소 기자나 경찰을 상대할 때 쓰는 방법이었습니다. 천당원의 비밀을 파헤치겠다고 온 이들에게 '성의'라는 명목으로 돈봉투를 챙겨주면, 아무 일 없었다는 듯 돌아갔지요.

하지만 이번에 온 자들은 달랐습니다. 기자가 안경을 추어올리며 물었습니다.

"오늘은 왜 안 됩니까? 교주의 명령 때문에 그러는 겁니까, 휴거가 거짓임이 들통날까 봐 두려운 겁니까? 아니면 교주가 도망갈 시간을 조금이라도 더 벌어주려는 수작?"

결국 부총재도 언성을 높였습니다.

"총재님은 도망치지 않으셨습니다! 총재님은 휴거를 약속받으시려고 구원의 문에 홀로 올라가셨습니다! 그분은 기도로 휴거의 기적을 보이실 겁니다!"

손목시계를 흘끗 본 뒤 기자가 비아냥거렸습니다.

"당신 같은 똑똑한 사람이 아직도 휴거가 진실이라고 믿는 겁니까? 당신이 믿는 게 진실인지부터 제대로 알아야 하지 않나요? 아니면 이미 알고 있기 때문에 그러는 건가요? 당당하다면 어서 문을 열고 우리에게 보여요. 그 쉬운 걸 왜 못합니까?"

"문을 열면 안 돼요! 총재님이 말씀하셨어요! 그분

이 들어간 뒤 7일 동안 온전히 봉해두라고요! 말씀을 어기는 자에게는 천벌이 떨어질 거라고요!"

문지기가 외쳤습니다.

"당신, 전직 경찰이지요? 경찰 일을 하다가 여기 교주가 휴거가 곧 온다고 외친 말에 속아 곧바로 옷 벗고 가족도 버린 채 교단에 투신했다는 사람이지요?"

"속은 게 아닙니다! 나는 내 믿음에 충실했을 뿐입니다!"

얼굴이 창백해진 채 문지기가 고개를 저었습니다. 농부가 버럭 소리쳤습니다.

"총재님을 모욕하지 마! 세상에서 가장 순수하고 선하신 분을 네까짓 게 모함하는 거냐!"

"나를 위협하려 드는 당신이 누구인지도 잘 압니다. 당신, 전직 조폭이지요? 조직이 사라진 뒤 교주의 경호원 행세를 했고요. 개심한 겁니까? 아니면 여기서도 범죄와 얽힌 일을 하고 있나요?"

"그건 옛날 일이야! 나는 늘 내 죄를 회개하고 있어!"

"회개? 조폭 때 저지른 짓이 고작 이런 곳에서 기도한다고 죄다 씻긴다는 건가요?"

기자의 말에 맞받아 농부가 외치려는 걸 부총재가

얼른 저지했습니다. 더는 아무도 대답하지 않았습니다.

농부는 늘 회개하며 살았습니다. 하지만 농부가 회개하는 죄는 세속과 다른, 교단에서 가장 심각한 죄였습니다. 전직 조폭인 그는 '형님들이 시키는 대로만 하면 된다'는 생각을 품고 내키는 대로 살았습니다. '형님'은 높은 이에게 하는 존대였지요. 하지만 '범죄와의 전쟁'으로 조직이 쓸려 나가며 나락에 처박혔지요. 자기에게 명령하는 자가 없어지니 방황이 시작됐습니다.

그때 우연히 쥔 얄팍한 팸플릿이 총재와 만나게 된 계기였습니다. 세상의 참된 진리를 알려준다는 말에 혹했던 거지요. 거기로 가면 자기가 앞으로 어떻게 움직이면 좋을지 알 수 있을 것 같았습니다.

내가 곧 길이요 진리요 생명이니 나를 믿고 따르라.

그는 총재의 설교를 들으며 편안해졌습니다. 그저 총재를 따르기만 하면 된다는 말이 좋았습니다. 총재는 그를 받아들였고 수행원의 자격을 주었습니다. 그는 앞장서서 총재를 가로막는 것을 치웠고, 총재는 치하했습니다. '총재님이 시키는 대로만 하면 된다'라는 새롭고 확고한 믿음이 생겼습니다.

우쭐한 나머지 시키는 대로 하지 않았던 게 화근이었습니다. 총재가 늘 가던 식당 대신 더 맛있는 곳을 알고 있다며 그리로 모셔갔는데, 총재가 자기 앞에 나온 빨간 국물을 몇 수저 뜨는가 싶더니 얼굴이 새빨갛게 달아올라서는 벌컥 화를 냈던 겁니다.

이 부정한, 사탄의 음식!

총재는 음식을 모두 뱉더니 휙 나가버렸습니다. 홀로 남은 그는 눈만 껌벅일 뿐이었습니다. 육개장처럼 얼큰하게 끓인 선짓국에 어떤 부정함이 있다는 건지 도무지 알 수 없었습니다.

총재는 크게 분노했습니다. 총재는 기도 시간에 그를 불러내어, 사탄 마귀에 들려 자기를 죽이려 한 자라고 외쳤습니다. 신도들이 비난을 퍼부었습니다. 그는 영문도 모르고 경찰에 체포되었을 때처럼 바닥에 엎드려 회심하겠다고, 착하게 살겠다고 외쳤습니다.

"너는 부정한 음식으로 말미암아 타락한 것이다. 부정한 음식을 먹다가는 곧 악마와 한 몸이 될 것이다. 앞으로 네 먹을 것을 온전히 네 손으로만 길러내어 그것만 먹으며 몸속에 깃든 사탄을 몰아내라. 회개하라!"

그는 졸지에 농부가 되어야 했습니다.

물론 인간에게 갈취하던 손으로 농사를 지어봤자 잘될 리 없었습니다. 시들시들한 작물을 보며 농부는 울며 자책했습니다.

어쩌다 이렇게 된 걸까? 선지가 부정한 음식이었나? 소의 피라서?

고민할 여유는 없었습니다. 먹을 거라고는 당장 총재가 던져준 미숫가루 몇 포대밖에 없었습니다. 그걸 다 먹기 전까지 뭐라도 수확하지 않으면 농부는 굶어 죽게 생겼으니까요.

농부는 점점 쇠약해졌습니다. 자기가 기르는 작물들처럼 말입니다.

그때 뜻밖의 도움이 있었습니다. 그가 비료와 농약을 사러 천당원을 떠난 사이 총재의 아들이 연락을 남겼던 겁니다. 그가 전했다는 작물을 살릴 방법을 본 농부는 반신반의했습니다. 천당원에 오지도 않은 자가 어떻게 이곳 상황을 다 아는 거지?

하지만 지푸라기라도 잡고 싶은 농부는 총재의 아들이 시키는 대로 했습니다. 그랬더니 정말로 작물이 생기를 되찾았습니다.

그 뒤로 농부가 전화할 때마다 총재의 아들은 매번 해결책을 제시했습니다. 작물을 어떻게 키울지, 신성한 땅에 어떤 작물을 심고 어떻게 먹어야 할지, 마치 밭에 와 있는 사람처럼 총재의 아들은 전화 너머에서 모든 걸 알고 있었습니다. 어느덧 농부는 총재의 아들을

'형님'이라고 부르게 되었습니다.

농사는 성공적이었습니다. 작물은 미약하게나마 여분이 남았고, 총재는 그걸 거둬 신도들에게 축복받은 작물이라 이름 붙여 비싸게 팔았습니다. 총재가 구원의 문에 들어갈 때 미숫가루를 만들어 바친 이도 농부였습니다. 농부가 다시 총재에게 받아들여진 건 모두 형님 덕이었습니다. 한 번도 본 적 없는 이였지만, 농부는 총재 다음으로 형님을 섬겼습니다. '총재님과 형님이 시키는 대로만 하면 된다'라는 믿음이 확고히 자리 잡았습니다.

이야기가 엉뚱한 곳으로 흘렀군요.

"당신들이 그렇게나 당당하다면 당장 구원의 문 안을 보여줘요. 왜 그러지 못합니까? 켕기는 게 있어서 그러는 게 아닙니까? 당신들은 늘 그랬어요. 앞으로는 선을 외치지만 뒤로는…."

기자가 말했습니다.

"그 정도만 하시오. 너무 도발하는 것 같소."

손목시계를 보던 경찰이 문득 입을 열었습니다. 짧고 묵직한 말에 위엄이 있었습니다. 상기된 얼굴이었지만, 기자도 더는 말을 꺼내지 않았습니다.

한편 신도들은 절실한 눈으로 부총재를 보았습니

다. 사회에서는 제 머리로 멀쩡히 생각하며 살아가던 그들은 교단에 투신한 뒤로 위에서 지시하는 말만 들으며 살도록 길들여졌습니다. 그들에게는 이 자리에서 가장 높은 부총재의 말을 따르는 게 너무나 당연했습니다. 하지만 부총재는 침묵할 뿐이었습니다.

"형님한테 물어보면 어떻게 할지 알려주실 텐데."

농부가 중얼거리는 말을 부총재는 못 들은 척했습니다.

그 뒤로는 별다른 일이 없었습니다. 경찰이 손목시계를 보며 담배를 피우거나 기자가 괜한 질문을 던질 뿐이었고 신도들은 침묵했습니다. 부총재가 신경질적으로 제 얼굴을 매만졌지만 아무도 그걸 지적하지 않았습니다.

지루했습니다. 자꾸 나오는 하품을 참느라 혼났어요.

자정이 되면 부총재가 기자와 경찰을 구원의 문으로 데려가는 결말이 예정되어 있었습니다. 하지만 이대로는 부족했습니다. 나는 여기서 좀 더 많은 이가 타락하길 바랐습니다. 천당원에 모인 인간 모두를 타락시키려면 더 큰 일을 벌여 궁지로 몰아넣어야 했습니다.

겉으로 정의로운 척하는 인간도 예상치 못한 상황

에 마주하면 본성을 숨기지 못합니다. 비겁함의 토양에서 의심으로 키워낸 사악함이 유감없이 드러나는 거지요. 나는 예정된 끝으로 가는 길을 뒤틀어버리기로 했습니다. 계획이 성공한다면 천당원에서 타락할 영혼의 숫자는 다섯이 될 터였습니다. 다섯, 한 손에 꽉 차게 들어오는 좋은 숫자이지 않습니까? 그걸 모두 거머쥘 수 있다면.

2

부총재는 서울에 있는 명문대를 다니던 수재였습니다. 가족은 그의 장래를 기대하고 있었고, 그도 당연하다고 여겼습니다. 우수한 나는 남들보다 위에 서야 한다고 믿었습니다.

믿음이 무너진 건 군대에서였습니다. 불합리에 내던져지면서 규율이 어떻게 인간을 억눌러 무력하게 만드는지를 몸소 체험했습니다. 개인의 우수함은 조직에서 무력했습니다. 그는 뒤떨어진 존재가 되어 구타당하고 따돌림을 당했습니다.

군대가 이상한 거다. 바깥에서는 나야말로 누구보

다 우수한, 세상에 필요한 인간이다. 그는 그렇게 생각하며 부조리를 견뎠습니다.

제대한 뒤, 그는 바깥 또한 군대와 마찬가지라는 걸 알아차렸어요. 사회에 가득한 불합리는 그의 우수함이 드러나는 걸 방해하고, 주변의 인간들은 불합리를 보지 못하는 것 같았습니다. 아무것도 보지 못하는 어리석은 자들과 함께 있기가 더더욱 어려웠습니다.

그는 병을 얻었습니다. 얼굴 근육이 일그러진 채 풀리지 않았지요. 병원에서는 원인을 찾지 못했습니다. 얼굴을 마구 더듬는 습관이 생겼습니다. 손으로 느껴지는 일그러진 자기 얼굴은 남들처럼 어리석어 보였습니다.

그때 어떤 침구사가 의사도 원인을 찾지 못하는 병을 치료해준다는 소문을 들었습니다. 침구사였던 교주는 그를 보자마자 어떤 증상으로 고통을 받는지를 말했습니다. 깜짝 놀라 어안이 벙벙해진 그에게 교주가 말했습니다.

"당신은 뭇사람이 우러러봐야 마땅한 이입니다. 하지만 세상의 죄가 얼굴을 뒤덮어 당신의 본모습을 가렸습니다. 당신에게 깃든 죄를 없애야 고통이 멈출 것입니다."

황당한 말에 반박할 틈도 없이, 교주가 곧장 그의

얼굴에 침을 놓았습니다. 따끔함이 느껴지더니 곧 교주가 손거울을 내밀었습니다. 거기에는 멀쩡해진 얼굴이 있었습니다. 경악한 그에게 교주가 말했어요.

"회개하세요!"

그 순간 속에 뒤엉켜 있던 것이 풀렸습니다. 자신의 본모습을 찾게 해준 교주 앞에 엎드린 채, 울고 또 울었습니다. 그렇게 그는 교주 아래로 들어갔습니다.

그는 온 힘을 다해 교단에서 일했습니다. 세상에 가득한 어리석은 이들이 모르는 진실을, 자신은 명확히 알고 있었습니다. 그 자신감이 원동력이 되어 활발하게 활동했습니다. 교단이 커지면서 그의 역할도 중요해졌습니다. 교주를 의심하던 이들도 그를 모시는 이가 명문대학교 출신인 걸 알고 마음을 돌리곤 했습니다.

교단에서 교주를 총재로 추대할 즈음, 그 또한 부총재라는 칭호를 얻게 되었습니다. 신도들은 부총재야말로 총재의 뒤를 이어 그들을 이끌 후계자라고 여겼습니다. 그는 그렇게 자신이 우수하다는 것을 보여줄 수 있었습니다. 그는 자신감을 되찾게 해준 총재의 가르침을 진심으로 믿었습니다. 얼굴을 만지는 습관은 어느새 사라졌습니다.

하지만 10월 28일의 휴거 소동은 혹독한 시련이었

습니다. 아무 일도 일어나지 않자 동요하는 신도들에게, 부총재는 휴거는 거짓이 아니며 신도들의 기도로 휴거가 미뤄진 것이라고 외쳤습니다. 하지만 그의 말은 소용없었습니다. 총재는 침묵했고, 그는 총재가 아니었으니까요.

교단은 급격히 쪼그라들었습니다. 천당원을 채웠던 신도 대다수가 빠져나가고, 극소수만이 겨우 버텼습니다. 그때 기자와 경찰을 둘러싸고 있는 신도가 셋뿐인 것도 그런 사정 때문이었습니다. 다른 믿음 깊은 신도들은 지역 지부를 단속하러 가거나 떠난 신도들을 찾아 설득해야 했으니까요.

그런 위기 속에서 총재가 돌연 칩거하기로 했습니다. 한시바삐 휴거의 기적이 이루어지도록 기도하겠다는 이유였지요. 신도들은 총재의 말을 '예지의 말씀'이라고 불렀는데, 그때 내려진 말씀은 이러했습니다.

이레간 기도하는 사이 아무도 구원의 문을 열어서는 안 된다.
이레가 지난 뒤, 너희들의 손으로 직접 구원의 문을 열어라. 그때 너희들은 내가 진정으로 휴거하였음을 보리라. 나의 휴거는 너희들의 휴거가 약속되었음을 보여주

는 증거다.

기적을 목격한 이들 모두 즉시 천당원을 떠나라. 세상에 기적을 알리고 너희에게 천국의 순번이 오길 기다려라.

 신도들은 놀라지 않았습니다. 총재는 종종 구원의 문에서 짧게는 하루, 길게는 며칠 동안 홀로 기도했으니까요. 총재는 구원의 문에 들어갔고, 남은 신도들은 약속된 이레가 지나기를 기다렸습니다. 기도가 불러올 기적을 간절히 기대하며.

 구원의 문은 구원관 2층에 옥탑방처럼 작게 만든 방이었습니다. 방은 창문 하나 없이 꽉 막혀 있었고, 외부와 통하는 곳은 1층과 이어지는 좁은 계단뿐인 데다 두꺼운 철문까지 가로막고 있었습니다. 그런 곳에서 총재가 도망칠 수는 없었습니다. 거기서 사라졌다면 휴거라고 보아야 마땅했습니다.

 침입자들의 요구를 들어줄 수는 없었습니다. 총재가 기도하는 동안 절대 문을 열지 말아야 하니까요.

 7일을 채운 뒤 구원의 문에 데려간다면? 만약 그곳에 총재가 없으면 기자는 휴거를 믿는 대신 총재가 도망쳤다고 외칠 것이고, 만에 하나 총재가 남아 있다면 휴거가 거짓이라고 단정할 터였습니다.

부총재가 대응할 방법은 마땅치 않았습니다. 부총재의 눈에 기자는 인간 거죽을 뒤집어쓴 악마로 보였습니다. 경찰이라는 안전한 존재 옆에 선 채, 구원의 문을 당장 열라고 유혹하는 악마!

게다가 기자는 무작정 찾아온 것 같지 않았습니다. 천당원에 있는 신도만이 알 만한 내용, 가령 교주의 최근 행적이나 남아 있는 신도들의 과거를 훤히 꿰고 있는 게 이상했습니다. 천당원에 남은 신도 수가 적을 때를 노려 침입한 것도 우연이 아닌 것 같았습니다.

누가 비밀을 흘렸나? 대체 누가 실언한 거지? 설마 내통하는 자가 있나?

부총재는 치열하게 의심했습니다. 자신의 우수함이 시험을 받고 있었습니다.

이럴 때는 의심스러운 걸 하나씩 명확히 하는 게 먼저였습니다. 부총재는 문지기를 방 밖으로 불러낸 뒤 곧장 물었습니다.

"형제님이 침입자를 찾아낼 수 있어서 다행입니다. 어떻게 그들을 찾은 겁니까? 어두워서 잘 보이지 않았을 텐데요."

문지기가 심약한 얼굴로 고개를 조아렸습니다.

"이게 다 총재님이 이끄신 바입니다. 총재님이 말씀

하셨잖습니까? '늘 회개하라. 사소해 보이는 것도 내 죄 지은 것을 찾는 것처럼 의심하라'고요. 저는 늘 의심하거든요. 내 죄가 어디에서 어떻게 드러날지 몰라서요."

"늘 회개하는 마음을 품는 건 좋은 일입니다, 형제님."

"토란 밭을 보고 있는데, 시들어가는 잎사귀가 마구 흔들거렸어요. 바람 때문은 아닌 것 같아서 산짐승인가 하고 자세히 봤는데, 저 불경한 놈들이었던 겁니다."

문지기의 말에 수상쩍은 점은 없었습니다. 하기야 문지기가 침입자들과 내통했다면 그들을 붙잡을 리 없었지요. 문지기는 배신자가 아니다. 부총재는 확신을 굳혔습니다.

그때야 부총재는 자기가 얼굴을 만지고 있다는 걸 알아차렸습니다. 부총재는 급히 손을 내리고 말을 얼버무렸습니다.

"다른 침입자는 없었지요?"

"없었습니다! 아…, 부총재님을 부르러 간 사이에 만약 침입한 자가 있다면 놓쳤겠지만요. 저기, 제가 문을 제대로 지키지 못한 죄를 지은 겁니까?"

"그럴 리가요. 형제님이 아직도 독실한 마음을 지키

시니 다행입니다. 하지만 저들 앞에서 더는 말하지 마세요. 내가 허락하기 전에는 침묵을 지키세요. 마 형제님, 회개하세요."

웃고 싶은 걸 꾹 참고, 나는 대답했습니다.

"회개합니다, 회개합니다. 늘 회개하는 마음으로 살고 있습니다."

맞습니다. 내가 문지기였습니다.

침입자들을 찾아낸 것도 당연히 계획대로였습니다. 그곳에 모인 이들이 서로 충돌하고 갈등하게 해서 영혼이 그럴듯하게 타락하기를 바랐던 겁니다.

슬슬 일을 뒤틀 때가 되었습니다. 나는 괜히 닫힌 문으로 고개를 돌렸습니다.

"그런데, 제가 괜한 생각을 한 건지도 모르지만요… 아무래도 수상합니다."

부총재가 미심쩍은 시선을 던졌습니다.

"그전에도 천당원에 무단 침입했던 놈들이 있었잖아요? 그놈들이 어떻게 했었는지를 생각해보세요. 그놈들은 우리가 침묵시키기 전까지는 당장 자기들을 내보내달라느니 경찰을 부르라느니 하면서 시끄럽게 굴었잖습니까? 그런데 저들은 아까부터 가만히 있을 뿐입니다. 경찰이라는 자는 계속 시계만 보고요."

"형제님, 혹시 저들한테 구원관 안에 뭐가 있는지 말한 적 있어요?"

부총재가 물었습니다. 나는 영문을 모르겠다는 듯 눈만 껌벅여 보였습니다.

"전혀요. 저런 놈들에게 무슨 할 말이 있습니까?"

"젠장! …아, 입으로 죄를 저질렀습니다. 회개합니다, 회개합니다."

부총재가 회개하는 말을 중얼거렸습니다. 다시 얼굴을 더듬는 제 손은 깨닫지 못한 채.

"내가 올 때까지 저들을 감시하세요. 저들이 뭐라고 물어봐도 대답하지 말고요!"

그 말을 남기고 부총재가 급히 떠났습니다. 나는 방으로 돌아갔습니다.

이 정도면 예정된 결말로 가는 길을 뒤틀 재료는 충분히 제공한 셈이었습니다. 이제는 인간들이 스스로 뒤죽박죽 앞일을 흐트러뜨리길 기다려야 했지요.

얼마나 지났을까요? 밖에서 거친 발소리가 크게 들리더니 문이 벌컥 열렸습니다.

"당신들, 유 형제와 한패야?"

돌아온 부총재의 말에서 존대가 사라졌습니다.

"이거 놔, 미친놈아!"

부총재의 손에 억지로 끌려온 여자가 외쳤습니다. 지난주 외출하겠다고 나간 뒤 소식이 끊긴 신도 유씨였습니다. 유씨가 몸을 움직일 때마다 목에 걸고 있던 일제 니콘 카메라가 한 박자 늦게 흔들렸습니다. 기자들이 쓰는 취재용 고급 카메라였지요.

기자의 얼굴이 굳어지고, 경찰은 눈썹을 꿈틀거렸습니다. 농부가 외쳤습니다.

"배신자!"

유씨를 설명하기 좋은 단어였습니다. '배교자'가 더 적확한 표현이겠지만요.

크게 웃고 싶었습니다. 일이 내 생각대로 잘 꼬인 걸 확인했으니까요.

모두 기자가 세운 계획이었습니다.

기자와 경찰이 신도들을 유인해 한곳에 모이게 한 사이, 유씨가 몰래 침입해 구원의 문을 열기로 했습니다. 유씨는 문 너머의 모습을 사진으로 남긴 뒤 먼저 도망치고, 기자와 경찰은 그때까지 시간을 끌며 신도들을 붙잡아둘 계획이었지요.

그런데 부총재 때문에 계획은 실패했습니다. 그가

부자연스러운 점을 눈치챘기 때문입니다.

뭐가 이상했냐고요?

한번 생각해보세요.

아직도 모르겠습니까? 이거 참. 설명해드리지요.

천당원의 건물 중 회개소에는 늘 불을 밝혀놓았다고 했지요? 해가 저문 직후 그곳을 전혀 모르는 이가 갓 도착했다고 상상해봅시다. 앞에 불 켜진 건물과 꺼진 건물이 있어요. 그러면 어디부터 가겠습니까? 그렇습니다. 불 켜진 곳이겠지요. 하지만 기자와 경찰은 불 꺼진 구원관으로 곧장 왔습니다. 천당원을 전혀 모르는 자가 할 행동이 아니었지요.

부총재의 의심을 확신으로 바꾼 건 손목시계를 계속 보는 경찰의 행동이었습니다. 시간을 정해놓은 뒷공작이 있을지도 모른다! 그렇게 생각한 부총재는 곧장 구원의 문으로 갔고, 문을 열지 못해 우왕좌왕하는 유씨를 발견했던 겁니다.

구원의 문을 열 방법이 있었으니까 계획을 짠 게 아니냐고요?

맞아요. 유씨가 구원의 문 열쇠가 어디 있는지를 알았기 때문에 기자가 그런 계획을 세운 겁니다. 하지만 원래 문에 달린 것 말고도 자물쇠가 하나 더 걸려 있다는 건 미처 몰랐지요. 부총재가 문밖에 따로 걸어둔 것이었습니다. 총재에게 위해를 가하려고 하는 자가 있을지 모른다고 생각해서 다른 신도 몰래 준비한 겁니다.

그러다 안에서 무슨 일이 생기면 빠져나올 수 없는데, 그때는 어떻게 하냐고요?

부총재 또한 그걸 걱정했기에, 구원의 문 안에 물을 넉넉히 놔두었고 상하수도도 연결해두었습니다. 만약의 경우를 대비해 인터폰도 설치해두었고요. 급한 일이 생기면 총재가 곧바로 바깥의 신도를 호출할 수 있도록.

부총재는 정말로 우수한 자였습니다. 바보가 아니었기에 자기가 악마에게 농락당하는 걸 알아차리지 못했으니까요.

3

상업고등학교를 졸업한 후 작은 회사에서 일하던 유씨는 어떤 기자가 낸 엉터리 기사 때문에 직장이 망하는 봉변을 당했습니다. 아무리 하소연해도 가족과 지인들은 기사가 진실이라고 믿었고 오히려 유씨가 죄인이 것처럼 여겼습니다. 유씨는 분노했습니다.

왜 진실을 외면하고 거짓을 믿는 걸까? 진실은 어디에 있을까? 아무리 생각해도 알 수 없었습니다.

그러다 명상 모임에 나갔습니다. 명상과 그에 곁들이는 침의 효과는 알 수 없었지만, 자신의 고통스러운 경험에 공감하는 이들을 만난 게 좋았습니다. 유씨는 모임에 열정적으로 참여했습니다.

명상 모임은 곧 교단이 되었습니다. 교단에서는 일요일을 '회개일'이라고 칭했습니다. 한 주 동안 자신이 저지른 잘못을 신도들 앞에서 말하고 모임의 높은 이가 회개하라고 말하는 시간이었지요. 하지만 그들이 모여 기도하는 건 임시방편에 불과하고, 총재만이 진정으로 용서해줄 수 있다는 가르침이 뒤따랐습니다.

총재님은 침 하나로 인간의 모든 병을 고칠 수 있어요.

총재님은 침을 놓는 걸로 몸에 깃든 악을 물리칠 수 있어요.

유씨는 천당원에 진실이 있다고 여겼습니다. 총재 곁으로 가길, 진실이 있는 곳에 제 몸을 던지길 열렬히 바랐습니다.

결국 유씨는 바람대로 천당원에 갔습니다. 지위 높

은 신도로부터 허드렛일과 상납을 명령받았을 때도, 신도들이 흐리멍덩한 눈과 꾸민 웃음을 달고 위에서 시키는 대로 순순히 하는 걸 보면서도 의문을 갖지 않았습니다. 회개일에 총재를 실제로 보기 전까지는요.

유씨는 모임의 사진과 동영상으로 총재를 본 적이 있었습니다. 사진에서는 기묘한 빛에 감싸인 채 인자한 미소를 지은 어머니 같았고, 동영상에서는 신도들 몸에 거침없이 침을 꽂으며 진실을 알리는 선지자로 보였습니다. 하지만 눈앞에 나타난 총재는 화가 잔뜩 난 얼굴로 발소리를 쿵쿵 내는 불쾌한 아주머니로 보였습니다. 설교 또한 인상적이지 않았어요. 설교 내내 총재는 쨍쨍 울리는 목소리로 같은 말을 반복해 외쳤습니다.

휴거의 날이 머지않았다. 나는 너희에게 깃든 죄를 나의 침으로 물리치겠다. 너희들은 자신의 믿음을 행위로 보여주어라. 재물에 깃든 그릇된 마음 또한 정화하여 참되어져야 한다. 옳게 깨끗해진 이들은 나와 함께 손잡고 휴거할 것이다.

뒤에 선 합창단 같은 이들이 '회개합니다'를 노래하듯 외쳤고, 신도들은 환호하거나 통곡했습니다. 부총재의 지시에 맞춰서 소리를 내는 그들의 행동은 기이할 만큼 열정에 차 있었어요. TV에서 보여주던 공산주의에

세뇌되었다는 북한의 모습과 다르지 않았습니다.

유씨가 혼란해하는 사이 설교가 끝났습니다. 부총재가 손짓하자 크고 튼튼한 나무 의자가 연단에 놓였고, 신도들이 우르르 나와 그 앞에 줄을 섰습니다. 유씨도 엉겁결에 따라 섰지요.

신도들이 윗도리를 벗었습니다. 남자고 여자고 가리지 않고 거침없이 옷을 벗었고, 유씨도 그들을 따라 벗어야 했습니다. 영상으로 그 모습을 본 적이 있지만, 막상 실제로 하니 부끄럽고 두렵기만 했습니다. 바짝 붙어 늘어선 신도들의 줄 가운데, 다른 이의 맨몸에 닿으며 수치심을 느끼는 이는 유씨뿐이었습니다.

총재가 나무 의자에 올랐습니다. 손에는 기다란 침이 들려 있었고, 옆에 선 부총재는 장침 무더기를 올려놓은 쟁반을 들고 서 있었습니다. 총재를 올려다보는 신도들은 모두 웃는 얼굴이었습니다. 눈물을 흘리는 이도 있었지요.

"회개하라!"

외침과 함께 총재가 가장 앞에 선 이의 몸에 장침을 꽂았습니다. 그가 비명인지 환희인지 모를 소리를 냈습니다. 총재가 침을 빼자 몽글, 피가 솟아올랐습니다. 침이 꽂힌 이는 '회개합니다'를 외치며 물러섰고, 부총재는 총재에게 새로운 장침을 건넸습니다. 아직 주민등록증도 나오지 않았을 남학생, 젊은 아가씨, 점잖은 얼굴의 노신사, 남녀노소를 가리지 않고 신도들 모두 장침을 맞고 회개한다고 외쳤습니다. 침을 놓는 총재의 손놀림과 목소리는 점점 건성이 되었고, 얼굴은 여전히 퉁명스러웠습니다.

유씨의 차례가 되었습니다.

사진과 영상에서 신성해 보이던 얼굴은 가까이에서 보니 보잘것없었습니다. 몸에서 비린내가 풍겼어요. 달걀 마사지를 한 뒤 잘 씻지 않았을 때 나는 냄새였습니다.

"회개해."

왼쪽 가슴에 깊고 둔한 통증이 파고들었습니다. 유씨는 비명을 질렀습니다. 불이 활활 타오르는 창이 가슴을 후빈 것만 같았습니다.

유씨에게 꽂은 침을 몇 번인가 비틀었다가 뽑은 뒤 총재는 곧바로 의자에서 내려왔습니다. 아직 줄을 선 이들이 남아 있었지만, 총재는 거들떠보지도 않고 어기적거리는 걸음으로 회개소를 떠나버렸습니다. 유씨 뒤에 서 있던 여자가 말했습니다.

"부럽네요. 자매님은 용서를 받으셨잖아요."

왼쪽 가슴에서 흘러나오는 피는 도저히 용서라는 글자와 어우러지지 않았습니다. 유씨의 피를 보며 여자가 처연하게 중얼거렸습니다.

"총재님의 침으로 용서를 받았으니, 자매님은 반드시 휴거되실 겁니다. 다음 주가 드디어 영광된 휴거의 날인데 저한테도 구원을 받을 차례가 과연 오긴 할지…."

나, 지금 여기서 뭘 하는 거지? 순간 의심이 피어올랐습니다.

그날 밤, 유씨는 신도들이 함께 머무는 방 한구석에서 뜬눈으로 지새우며 비로소 큰 실수를 했다는 걸 알아차렸습니다. 여태 외면해온 모순을 하나하나 되새기며 스스로 거짓에 몸담았음을 알아차렸습니다.

그와 동시에 유씨는 자기가 난처한 상황에 빠졌다는 것 또한 깨달았습니다. 당연하지요. 믿음을 잃은 신도가 그 종교의 중심지에 있는 것만큼 곤란한 일이 있을까요?

그때 휴거 소동이 그녀를 구원했습니다.

총재는 바깥의 휴거 열기에 맞춰, 약속된 날 진정으로 회개한 자들이 들어올려져 구원을 받는다고 선언했습니다. 천당원의 신도들은 회개소에 모여 함께 TV를 보았고, 휴거가 거짓으로 드러난 걸 목격했습니다. 도망치거나 공공연히 떠나는 신도들을 보면서도 총재는 침묵했고, 부총재는 떠나는 이들을 막느라 전전긍긍할 뿐이었습니다. 더는 천당원에 진실이라곤 남아 있지 않았습니다.

유씨도 천당원을 떠나려 했습니다. 그런데 밖으로 나온 그녀 앞에 기자가 나타났던 겁니다.

"천당원 교주가 7일간 휴거를 위해 기도를 올리겠다고 했다는데, 혹시 아는 게 있습니까?"

"왜 그걸 내게 묻는 거죠?"

유씨가 기자를 노려보며 물었습니다. 기자 때문에 직장이 망한 일을 잊지 않고 있던 유씨에게 기자 명함을 내민 자가 곱게 보일 리 없었습니다. 하지만 기자는 아랑곳하지 않고 속삭였습니다.

"나는 당신을 압니다."

그러면서 기자는 유씨의 과거를 쭉 말했습니다. 놀란 유씨를 보며 기자가 진지하게 말했습니다.

"당신을 조사한 건 다른 목적이 있어서가 아닙니다. 나는 그저 당신에게 도움을 구하고 싶습니다. 교단 내부를 아는 사람이 필요해서 사람을 찾은 게 전부입니다. 나는 진실을 밝히는 사람이기 때문입니다."

"진실?"

"당신도 알 겁니다. 교단에 얼마나 추악한 비밀이 숨어 있는지 말입니다. 우리는 교주 일당이 숨긴 죄악을 밝혀야 합니다. 거짓을 드러내어 피해자들을 구제해야 해요. 세상이 정의를 되찾아야 하지 않겠습니까?"

순간 감정이 폭발했습니다. 여태 속고 있었다는 분노. 아직 천당원이 무너지지 않았다는 절망. 진실을 밝힐 수 있다는 열망. 기자의 말에서 시원한 사이다 같은 달짝지근한 향내가 느껴졌습니다.

인간의 믿음은 쉽게 바뀌지 않습니다. 하지만 믿음이 사라지는 것 또한 순식간입니다. 유씨가 그랬던 것처럼 말입니다. 총재의 장침에 꿰뚫린 순간 세상의 보편적 진실에 맞는 눈을 되찾았으니, 장침은 정말로 유씨를 치유한 거지요.

하지만 유씨는 자신을 속인 자들을 증오하며 다시 눈이 멀었죠. 자신이 선이라고 여겼던 걸 악이라고 외치며 증오했습니다. 결국 그녀는 흑백논리에서 벗어나지 못했습니다. 흑이 백이 되고 백이 흑이 되었을 뿐이지요.

유씨는 기자의 계획에 동참했습니다. 교단의 위선을 드러내기 위해. 유씨가 바라는 진실을 보기 위해.

그러나 계획은 실패했습니다.

유씨는 억지로 기자 옆에 앉았습니다. 당황한 기색을 숨기지 못한 채 기자가 외쳤습니다.

"나는 진실을 밝히려는 겁니다! 당신네가 벌이는 행각은 분명히 사기…."

"그 입 다물어라! 성스러운 장소를 마귀 사탄이 침범한 걸로도 모자라, 무지하고 연약한 형제를 꾀다니! 아아, 하나님, 총재님, 이들을 구원해주소서. 가련한 이들의 눈을 가린 미혹을 걷어내소서!"

목에 핏대를 세운 채 부총재가 외쳤습니다.

부총재는 침입자를 잡으면서 그게 꼭 자신에게 유리하지만은 않다는 걸 알아차렸습니다. 대립 구도가 3 대 3으로 바뀌어 수적 우세를 잃은 걸 알아챘던 거지요. 그래서 그는 종교적인 구호를 외쳤습니다. 신도들을 적개심으로 결집하고, 배신자를 흔들어 다시 자기편으로 끌어들이려 했습니다. 경찰이 변수였지만, 여태 가만히 있던 그가 이제 와서 행동하지는 않을 거라는 계산도 있었습니다.

절반만 성공했습니다. 신도들을 결집하는 효과는 있었지만, 배신자에게 반감을 사고 말았거든요. 유씨가 외쳤습니다.

"당신들이야말로 속지 마! 휴거가 거짓말인 거, 이

제는 대한민국 사람 전부 다 알잖아! 그런데 왜 그 미친 여자 혼자만 구원의 문에 처박힌 거야? 진실을 보란 말이야! 그 여자가 사람 속이려고 수작 부리는 거야! 여태 당신들을 속인 것처럼!"

"닥쳐!"

농부가 손을 휘둘렀습니다. 짝! 큰 소리와 함께 유씨가 바닥에 나동그라졌습니다. 유씨는 뺨을 감싸쥔 채 몸을 웅크렸습니다. 손을 치켜든 채 농부가 외쳤습니다.

"배신자 년! 감히 그분을 모욕해? 구원의 문에는 이레 동안 먹을 물과 내가 만든 미숫가루만 있어! 그분은 그런 혹독한 곳에 스스로 임하셔서 기도하시는 거야! 신도들에게 휴거의 기적을 보이시려고! 그런 분을 더러운 입에 함부로 올려? 너 같은 년은 시멘트에다 처넣어 굳혀서 바다에 던져버려야 해!"

"멈추세요!"

"그만하십시오!"

나와 부총재가 농부의 몸을 붙들었습니다. 부총재가 회개하라고 외치자 농부는 마지못해 회개를 입에 담았습니다. 기자는 어찌할 바 모르고 몸만 들썩일 뿐이었습니다. 벌떡 일어섰던 경찰은 다시 자리에 앉았습니다. 나는 목소리를 높였습니다.

"유 형제님, 총재님을 배신한 죄로 당장 감옥에 끌려갈 수도 있어요! 이 나라에 총재님을 섬기는 이들이 얼마나 많은지 알아요? 경찰 중에도 총재님의 충실한 종이 많고, 또…."

"형제님!"

부총재의 제지에 입 다물었습니다.

"그거였어! 당신들이 계속 경찰 조사를 빠져나갔던 이유가!"

기자가 벌떡 일어나 외쳤습니다.

"경찰 안에 저자 같은 신도가 잔뜩 있었으니까! 휴거를 믿고 퇴직한 자들 말고도, 아직 암약하는 신자들이 있었던 거야! 말해봐요! 숨어 있는 그자는 대체 누굽니까?"

시들었던 기자의 얼굴은 그새 다시 펴졌습니다. 내 말이 양분처럼 적절하게 스며들었으니까요. 나는 두 손으로 입을 꾹 막은 채, 새어 나오는 웃음을 참으려고 얼굴을 더욱 찡그려야 했습니다. 나와 기자를 보는 부총재의 눈길이 매서웠습니다.

경찰에 심어놓은 신도는 누구인가?

그건 부총재의 의문이기도 했습니다.

교단에는 총재만 아는 '비선실세'들이 존재했습니

다. 총재가 '오늘 중으로 서류를 숨겨라' 혹은 '내일 집회에는 입 무거운 신도만 오게 하라'고 지시한 다음 날 어김없이 경찰이 찾아와 교단 여기저기를 들쑤셨습니다. 난리를 무사히 넘긴 뒤, 총재는 자신들이 신성한 힘으로 보호를 받는다고 외쳤지요. 신도들의 믿음은 깊어졌고, 부총재의 불안은 커졌습니다.

총재님은 경찰 내부 사정을 대체 어떻게 아는 거지? 왜 내게는 그걸 알려주지 않지? 나는 이인자로서 교단의 모든 걸 알아야 마땅한데!

부총재는 어느 순간, 신도들이 이인자인 자신을 우러러보는 눈길이 약해진 것 같다는 생각에 사로잡혔습니다. 누군가 이인자의 자리를 빼앗으려 드는 것만 같아 부총재는 불안에 빠졌습니다.

"당신, 설마 아무것도 모르는 건 아니지요?"

기자가 물었습니다. 부총재는 신음을 흘렸습니다. 신도들 앞에서 자신의 권위를 무시하는 침입자들을 더는 용납할 수 없었습니다.

"두 분, 당장 여길 떠나십시오. 지금 나간다면 무단으로 침입한 걸 문제 삼지 않겠습니다. 유 형제님은 남아서 우리와 이야기를…."

"내가 왜? 내가 왜 사이비에 남아 있어야 하는데?

날 죽이려고?"

분노와 공포에 지배당한 채 유씨가 소리쳤습니다.

"조금 전에 그 방 인터폰을 눌러봤어! 그런데 받지를 않았어! 그 여자, 이미 도망쳤어! 당신들을 버린 거라고!"

"총재님을 모함하지 마!"

농부가 외쳤습니다. 유씨가 맞받아 소리쳤습니다.

"부총재도 공범이야! 내가 봤어! 그 여자가 인터폰 안 받는 걸 부총재도 확인했다고!"

"세상에, 총재님은 이미 휴거되신 거야…."

나는 중얼거렸습니다.

모두의 움직임이 멈췄습니다. 침묵하던 경찰조차 나를 보았지요. 그 시선들을 느끼지 못한 척, 나는 열정적으로 말했습니다.

"총재님은 천국으로 가신 겁니다! 구원의 문에서 기도에 응답을 받으셔서!"

"침묵하세요! 내 지시를 잊었습니까?"

부총재가 소리쳤습니다. 나는 입을 다물었습니다. 어차피 이제 더 할 말이 없기도 했고요.

그 뒤로 모두 '총재는 휴거되었다' 혹은 '총재는 도망쳤다'라는 제 주장만을 입에 올렸고, 자기 말이 맞다고 외쳤습니다. 모두의 마음속에 의심을 성공리에 심은 증거였어요. 좁은 방에 가득 찬, 서로를 증오하며 썩어 가는 영혼의 냄새는 향기로웠습니다.

나는 문득 슈뢰딩거의 고양이를 떠올렸습니다. 상자를 열면 안을 관측할 수 있고 진실이, 승패가 정해집니다. 하지만 상자가 닫힌 상태에서는 논쟁만 이어질 뿐 아무것도 결정되지 않아요.

이 꼴을 '슈뢰딩거의 교주'라고 하면 딱 좋겠군.

나는 그렇게 생각했습니다.

4

"자정이군."

문득 손목시계를 보던 경찰이 말했습니다. 모두가 그를 보았습니다. 경찰이 낮은 목소리로 말을 이었습니다.

"약속된 시간이 되었소. 구원의 문을 여시오."

"이만하면 당신들이 총재를 도피시킬 시간은 충분히 벌지 않았습니까?"

기자가 안경을 고쳐 쓰며 말했습니다. 부총재의 얼

굴이 구겨졌습니다.

"총재님은 도망치지 않으셨습니다. 총재님은 휴거하셨습니다."

"당신들은 아직 그대로 있잖아요. 그러면 교주 혼자 휴거한 겁니까? 신도들은 놔두고? 그것도 혼자 도망친 셈이지요."

"그분은 천국에 먼저 올라가시어 남은 형제들의 휴거 언약을 받으실 겁니다. 곧 우리를 위로 이끌어주실 테니…."

"그러면 얼른 가보자고요. 가서 확인해봅시다. 정말로 휴거인지, 그냥 도망친 건지."

"그걸 왜 당신들 앞에서 확인해야 합니까?"

"두렵습니까? 혹시라도 교주가 남아 있을까 봐?"

기자와 부총재의 실랑이를 지켜보는 유씨가 초조한 기색을 감추지 못하더군요.

유씨는 교단을 배신하고 진실에 몸을 맡겼습니다. 하지만 갑작스레 뺨을 맞았을 때, 정작 자기를 지켰어야 할 기자와 경찰은 움직이지 않았습니다. 진실이라 여겨 의지한 곳이 미덥지 못하다는 의심이 싹텄습니다.

아무 반응이 없는 인터폰도 신경 쓰였습니다. 구원의 문이 어떤 구주인지를 유씨도 잘 알았기 때문에, 거기서 바깥으로 도망칠 수 없다는 것 또한 알았습니다. 만약 그 안에 교주가 없다면, 교주는 정말로 휴거된 것이라고 봐야 했습니다. 그러면 교주가 여태 했던 말이 사실임이 증명되고, 배신자에게는 영원히 지옥에 떨어지는 운명만 남을 터였지요.

구원의 문을 열려고 애쓰던 유씨는 어느새 문이 계속 닫혀 있기를, 진실과 거짓이 존재하지 않는 애매모호함이 계속되기를 바랐습니다.

"당신들이 당당하다면 우리에게 보여주지 못할 이유는 없을 거요."

경찰의 태도는 완강했습니다. 경찰은 묵묵히 있으며 기운을 낭비하지 않았고, 그렇게 아낀 기세로 남은 이들을 짓눌렀습니다.

잘 알 겁니다. 인간의 세상에서는 목소리 큰 자가 이기는 법이라는 것을. 결국 모두 경찰을 이기지 못하고 구원의 문으로 향했습니다.

앞서 말했듯 구원의 문은 가건물 2층에 돋아나 있었습니다. '돋아났다'라는 표현을 이상하게 여기지는 마십시오. 실제로 넓은 1층에 비해 구원의 방은 무척 작아서 마치 피부에 돋아난 여드름 같았으니까요.

구원의 문으로 올라가는 계단 옆에 인터폰이 설치

되어 있었습니다. 부총재가 인터폰으로 다시금 총재를 호출했지만, 반응은 없었습니다. 인터폰을 끊고 부총재가 말했습니다.

"보십시오. 휴거가 이루어진 증거입니다."

"교주가 도망쳤다는 증거이겠지요."

기자가 말을 받았습니다. 부총재의 손이 신경질적으로 제 얼굴을 더듬었습니다.

부총재가 좁은 계단을 앞장서서 올랐습니다. 그 뒤에 기자가 바짝 붙었고, 농부, 유씨, 나, 경찰이 순서대로 뒤따라갔어요. 부총재가 자물쇠 푸는 소리가 크게 울렸습니다.

그때 경찰이 말했습니다.

"정말로 문을 열어도 되겠소?"

"네?"

부총재가 되물었습니다. 구원의 문을 열어보라고 재촉한 자가 그리 말하니 다들 당황할 수밖에요. 모두 맨 뒤에 선 경찰을 돌아보았습니다.

"문 너머의 진실을 온전히 받아들일 수 있겠소?"

경찰은 복도의 불빛을 등지고 있었습니다. 역광이 그가 하는 말에 기이한 위엄을 실었습니다. 모두 말을 잃었습니다.

"얼른 문을 여십시오!"

기자 홀로 부총재를 재촉했습니다.

부총재는 마지못해 문을 열었습니다. 문은 소리 없이 열렸습니다. 순간 썩은 내가 풍겼습니다.

"총재님?"

부총재가 중얼거리며 방 안으로 들어갔고, 기자가 뒤따라 들어갔습니다.

백열등이 팍, 소리를 내며 켜졌습니다. 순간 두 명이 비명을 질렀습니다. 남은 이들이 급히 방 안으로 들어갔고, 너나 할 것 없이 소리를 냈습니다.

방 한쪽에 교주가 누워 있었습니다. 목을 붙들고 발버둥치는 자세로 굳어버린 채. 뒤틀린 얼굴은 새카맣고 배는 비정상적으로 부풀어 있었습니다. 악취를 풍기는 몸에서 날벌레가 들끓었습니다. 썩은 시체의 어디에도 영광됨은 깃들어 있지 않았습니다.

문 너머에는 죽음과 삶의 결과만 남아 있었습니다.

그래서 내가 슈뢰딩거의 교주라고 했던 겁니다. 슈뢰딩거의 고양이는 상자 속 고양이가 살았는지 죽었는지가 외부에서 관측하는 행위 때문에 확정된다고 하잖습니까?

외부의 관측을 통해 교주의 생사가 드디어 확정되

었습니다. 비참한 죽음이라는 결과로.

 잠깐만요, 왜 내 이야기가 잘못되었다고 하는 겁니까?

 수가 맞지 않다고요? 아까 내가 영혼의 개수를 다섯이라고 했는데, 거기엔 여섯이 있었다?

 다섯이 맞습니다. 그때 쥐려고 한 영혼은 부총재, 농부, 기자, 경찰, 유씨, 이렇게 다섯이었어요. 교주는 일찌감치 죽어서 이미 영혼을 거둬들인 뒤였습니다. 그러니 셈에 끼워 넣으면 안 되지요.

 영혼이 빠져나간 껍데기를 다시 보러 간 건 그때가 처음이었어요. 나도 험한 꼴을 여럿 겪고 시체 널린 것도 더러 봤지요. 하지만 총재의 시체에서 풍기는 썩은 내는 유독 고약했습니다. 그때를 떠올리면 지금도 코가 턱 막히는 것만 같습니다.

 당신도 드디어 아드벡의 매력이 뭔지 안 겁니까? 그렇게 급히 들이켜다니요. 혹시라도 내 이야기에서 시체 썩는 악취라도 맡은 겁니까? 그걸 아드벡의 향으로 덮으려는 건 아니겠지요?

 그러고 보니 당신이 지레 오해할 법한 게 하나 더

있었군요. 내가 좀 전에 '너나 할 것 없이 소리를 냈다'라고 했잖습니까? 그런데 그게 죄다 비명이나 신음은 아니었습니다. 가장 뒤에 서 있던 경찰은 웃었거든요.

모두 아연한 눈으로 경찰을 보았습니다. 크게 웃음을 터트리면서 경찰이 외쳤습니다.

"보고도 모르겠소? 총재님은 휴거되신 거요! 지상의 환난 속에서 육신을 버리고 영원한 천년왕국으로 영혼이 올라가신 거요!"

"그게 무슨…."

기자와 농부가 중얼거린 소리가 어째서인지 똑같았습니다. 부총재는 눈만 껌벅거릴 뿐이었고, 유씨의 몸은 크게 떨렸습니다. 경찰은 환희에 찬 목소리로 외쳤습니다.

"총재님을 뒤이어 교단을 이끌 이가 나와야 해요! 바로 나! 내가!"

부총재가 뭔가를, 아마도 '당신이 무슨 자격이 있느냐'고 말하려 했습니다. 하지만 그의 입에서는 어, 어, 하는 소리만 흘러나올 뿐이었습니다.

"나는 총재님의 외아들, 총재님의 유일한 핏줄이

오!"

 경찰이 곧바로 품에서 꺼낸 건 주민등록등본이었습니다. 총재의 이름 아래 경찰의 공무원증에 적힌 것과 똑같은 이름이 적혀 있었고, 그 옆에 '子'라는 한자가 뚜렷이 적혀 있었지요. 어안이 벙벙한 채 농부가 물었습니다.

 "당신이 형님이시라고? 총재님의 유일한 아드님이, 형님이, 바로 당신…."

 서서히 농부의 얼굴에 경탄이 깃들었습니다. 신앙하는 존재를 처음으로 본 환희였습니다.

 그때였습니다. 마구 얼굴을 매만지던 부총재의 손이 멈춘 것은. 그가 경찰 옆에 다가가 이렇게 외칩니다.

 "총재님의 영광된 휴거를 목도한 분이시여! 그분의 육신과 영혼을 물려받은 분이시여! 당신이야말로 우리의 새 총재가 되실 분입니다!"

 부총재는 교단을 이어받길 원했습니다. 하지만 그는 지금 수적 열세에 처했다는 것을, 후계를 다투기는커녕 자칫 이인자 자리조차 뺏길 상황이라는 것을 알아차렸습니다. 그래서 새로운 후계자가 나타났음을 제 입으로 선언했습니다. 이인자 자리를 지키고 새 총재 아래에서 기회를 노리겠다는 생각으로.

 "당신들, 대체 지금…."

연이어 벌어진 일을 받아들이지 못한 기자가 중얼거렸습니다. 하지만 말을 끝맺을 수 없었습니다. 경찰이 기자를 가리키며 외쳤습니다.

"저자는 기자가 아니오! 해직되어 이제는 자격 없는 가짜요!"

이거 참, 기자 이야기를 하지 않았던가요?

기자는 정의로운 이였습니다. '내가 곧 정의'라는 생각으로 맹활약했습니다. 물론 그가 옳다고 여기는 것만이 정의였고, 그르다고 여기는 것은 모조리 불의였지요.

기자는 불의를 지적하는 기사를 여럿 썼습니다. 그 중에는 정말로 그릇된 것도 있었고, 오해인 것도 있었습니다. 오해 때문에 망한 개인이나 회사도 있었지만, 기자는 진실을 알리는 과정에서 감당해야 할 부분이라고 여겼습니다. 좀 더 신중하게 취재했다면 그런 일이 생기지 않았을 거라는 사실에는 눈을 감은 채.

기자가 휴거를 장사 수단으로 삼는 총재를 콕 찍어 비난하는 기사를 썼고, 당연히 총재의 심기를 건드렸습니다. 총재가 신문사의 큰 광고주였던 게 문제였습니다. 기자는 변명할 틈도 없이 쫓겨나고 말았습니다. 얼마 뒤 휴거의 실상이 드러났지만 기자는 복직하지 못했습니다.

정의로운 기사를 쓴 결과가 해직이라니! 기자는 분노했습니다. 그를 자극한 건 자신의 정의가 보답을 받지 못했다는 감정도 있었지만, 그의 정의가 고작 사이비 종교 따위에게 훼손당했다는 것을 참을 수 없었던 게 더 컸습니다. 자신을 해친 사이비 종교를 스스로 처단해야 한다는 아집이 사명감으로 포장되었습니다.

기자는 집요하게 취재했고, 휴거 소동 이후에도 총재가 여전히 휴거를 외친다는 걸 알았습니다. 총재의 실상을 폭로하면 신문사에 당당히 돌아갈 길이 열리고, 자신의 정의도 다시금 올바르게 빛날 게 분명해 보였습니다. 그는 천당원에 잠입할 계획을 세우고, 남은 신도들을 조사해서 자기를 도울 유씨와 경찰을 접촉했지요.

하지만 정작 그는 자기를 돕겠다고 한 경찰을 조사하지 않았습니다. 취재원이 어떤 자인지 체크하는, 기자라면 당연히 해야 할 일을 하지 않았기 때문에, 경찰이 실은 총재의 아들이고 거꾸로 자신을 이용하려 한다는 걸 알아차리지 못했습니다.

곤경에 처한 기자에게 남은 선택은 하나뿐이었습니다. 그는 도망치려 했습니다. 하지만 그럴 수 없었습니다. 농부가 문을 가로막았으니까요. 기자를 가리키며 경찰이 선언했습니다.

"저기 마귀 사탄이 있다!"

"마귀 놈아!"

농부가 주먹을 휘둘렀습니다. 퍽! 둔탁한 소리와 함께 안경이 날아갔습니다. 쓰러진 기자에게 농부가 마구 발길질했습니다.

"죽어라! 죽어! 나를 더럽힌 악마 놈!"

"사탄아, 물러가라!"

부총재도 기자를 걷어차며 외쳤습니다.

"미친놈! 악마! 날 속였어?"

발 하나가 더해졌습니다. 유씨였습니다.

유씨는 팽팽했던 상황이 무너지고 자신이 불리한 처지가 되었다는 것을 눈치챘습니다. 자신을 지키기 위해 유씨는 새로운 거짓으로 갈아탔습니다. 몇 번이나 기자를 걷어찬 뒤 그녀는 경찰 앞에 엎드렸습니다.

"회개합니다, 회개합니다. 저는 마귀 사탄의 말에 속아 큰 죄를 저지르고 말았습니다. 용서해주세요. 회개합니다, 회개합니다…."

통곡하는 유씨 옆에서 쓰러진 기자가 신음을 흘렸습니다. 구원의 문 바닥에 인간 셋이 몸을 낮추고, 세 명의 인간과 악마 하나가 그들을 내려다보았습니다. 경찰이 말했습니다.

"회개할 시간이다."

타락의 시간이 그렇게 시작되었습니다.

세 인간과 악마 하나가 구원관 밖으로 나왔습니다. 새 총재가 된 경찰이 명령을 내렸고 신도들은 거기 따랐습니다. 모든 준비가 끝나자 새로운 총재가 말했습니다.

"총재님께서 말씀하셨다. 휴거 이후 환난이 닥친 세상은 불꽃으로 뒤덮이지만, 그 땅을 정화하는 것 또한 불꽃이라고. 회개하는 자와 그렇지 않은 자 모두 불꽃을 볼 것이라고. 너희들은 회개하는 자인가?"

"회개합니다, 회개합니다."

"이제 내가 지필 신성한 불꽃의 열기는 지옥에 떨어질 자들에게 영원한 고통을 주고, 선량한 형제들의 영혼을 정화하여 천국으로 온전히 돌려보낼 것이다."

새 총재가 유씨를 가리켰습니다.

"악마에게 홀렸던 자여, 이제 너에게 묻겠다. 네가 입만이 아니라 온몸과 온 마음으로 온전히 개심하였음을 어떻게 보이겠느냐? 스스로 불에 뛰어들어 죄를 태워 보이겠느냐?"

이런 일을 일찌감치 예비해온 것처럼, 새 총재의 목소리에 위엄이 서려 있었습니다. 사시나무 떨듯 몸을 덜덜거리는 유씨의 몸에 등유가 끼얹어졌습니다. 구원관에 뿌린 뒤 남은 등유를 농부가 부었던 겁니다. 유씨가 외쳤습니다.

"회개합니다, 회개합니다, 회개합니다…."

부총재가 새 총재에게 라이터를 건넸습니다. 새 총재는 그걸 다시 유씨에게 내밀었습니다.

"네 죄를 회개해라. 네 손으로 구원관에 불을 붙여라."

"하, 하지만…."

유씨의 망설임을 새 총재의 외침이 덮었습니다.

"회개하라!"

유씨는 덜덜 떨며 구원관에 다가갔습니다. 몇 번인가 손가락을 헛되게 놀리면서도 결국 라이터에 불을 댕겼습니다.

순식간에 불길이 피어올랐습니다. 유씨가 비명을 지르며 넘어졌습니다. 그녀가 냄새나는 흙 위를 마구 뒹굴며 허우적거렸습니다. 손에 번진 불은 곧 꺼졌지만 피부는 이미 시뻘겋게 달아올랐습니다. 부총재와 농부는 유씨를 묵묵히 내려다보았습니다.

새 총재가 말했습니다.

"그들이 지면에 널리 퍼져 성도들의 진과 사랑하시는 성을 두르매 하늘에서 불이 내려와 그들을 태워버리고 또 그들을 미혹하는 마귀가 불과 유황 못에 던져지니 거기는 그 짐승과 거짓 선지자도 있어 세세토록 밤낮 괴로움을 받으리라."

자신을 아연히 보는 유씨를 가리키며 새 총재가 선언했습니다.

"네가 불로 네 죄를 태웠구나. 너는 참되이 회개했다. 너는 구원받았다."

아, 그때 유씨의 얼굴에 떠오른 안도라니! 고통으로 눈물범벅이 되었던 얼굴에 미소가 서렸습니다. 미소에 담긴 환희는 성화에 그려진 성스러운 이 같았습니다. 유씨가 진심을 다해 거짓을 진실이라고 믿기로 한 증거였습니다.

유씨가 붙인 불은 걷잡을 수 없이 번져서 구원관과 구원의 문에 남겨놓은 전 총재의 시체, 그리고 그곳에 가둬놓은 기자를 태웠습니다. 불꽃이 모든 걸 집어삼키는 소리는 맹렬했습니다. 그 너머 어딘가 인간의 비명이 들리는 것 같아 나는 귀를 기울였습니다. 불에 타 죽을 어리석은 타락한 영혼을 곧장 거두기 위해.

5

교주는 어떻게 죽었냐고요?

밖에서 잠긴 문, 창문도 없는 공간 때문에 당신은 밀실 살인을 떠올렸겠지요.

구원의 문에 얽힌 이야기는 꼬여 있지만 실제로는 꽤 단순합니다.

총재는 이야기꾼이었습니다. 그럴듯하게 지어낸 이야기를 침술과 결합해 많은 이를 홀렸고 큰돈을 끌어모았죠. 총재는 그걸 당연하게 여겼습니다. 특정한 이야기만 듣길 좋아하는 자들에게 그들이 듣고 싶어 하는 이야기를 해준 대가라고 생각했습니다.

이야기를 만드는 이는 언제나 제 창조물을 감당해 낼 수 있다고 여깁니다. 하지만 이야기가 작가의 통제를 벗어나기도 하고, 제멋대로 커져버린 이야기가 작가를 잡아먹기도 해요. 총재에게 벌어진 비극도 그랬습니다.

처음에 총재가 휴거를 외칠 때만 해도 그저 신앙과 돈을 모으는 작은 이야기일 뿐이었습니다. 하지만 살이 붙고 뼈대가 치솟으며 휴거 이야기가 너무 커지고 말았습니다. 휴거 소동 이후 총재는 책임을 져야만 했습니다. 이야기에 깔려 죽을 처지가 된 거지요.

총재는 옛이야기를 끝낼 새로운 이야기를 짜냈습니다. 남은 신도들 앞에서 이레 동안 기도를 올리겠다고 선언한 것도 그 때문이었지요. 바깥에서 부총재가 따로 자물쇠를 건 것은 예상한 것과 달랐지만 오히려 좋았습니다. 알리바이를 증명할 확실한 방법이었으니까요.

1층과 2층 사이, 상하수도관이 매설된 곳 사이에 아주 작은 공간이 있었는데, 인간 하나가 누우면 딱 좋은 크기였습니다. 총재는 다시 문이 열릴 시간에 맞춰 거기 숨으려 했던 겁니다.

구원의 문에서 자신이 사라지면 신도들은 휴거되었다고 여길 뿐, 방을 수색하지는 않을 거라는 계산이었습니다. 휴거를 확인한 신도들은 모두 천당원을 떠나라고 한 것도 텅 빈 천당원에서 유유히 빠져나가려는 수작이었지요.

계획에는 두 가지 오산이 있었습니다. 총재가 그중 하나를 알아차린 건 첫날 식사로 미숫가루를 먹은 직후였습니다. 그걸 먹고 괴로워하다가 총재는 허무하게 죽고 말았습니다.

'미숫가루에 독이 들어 있었다.'

아마도 이게 답일 겁니다. 명확하고 흠잡을 데 없는 간결한 해답.

하지만 나는 좀 더 흥미로운 가설을 제시해보겠습니다. 총재를 죽인 건 총재 자신이라는 주장을 말입니다.

총재는 농부에게 스스로 재배하고 가꾼 것을 먹으라는 가르침을 내렸지요. 총재의 기도가 임박할 즈음, 농부는 회개했음을 보이려고 자기가 재배한 작물을 미숫가루로 만들어 바쳤습니다. 당연히 거기에 토란도 넣었고요.

그런데 그거 아십니까? 토란은 특정한 인간에게 알레르기를 유발한다는 사실 말입니다.

평범한 물질에 항원이 반응한 결과 오히려 인체에 손상이 가고 심한 경우 목숨까지 위협하는 증상을 알레르기라고 하지요. 식품 알레르기 중 가장 심각한 증상을 일으키는 건 토란입니다. 온몸에 새빨간 발진이 일어나고 목이 부어 호흡이 곤란해지고, 심지어 죽기까지 하니까요.

총재는 토란 알레르기가 있었습니다.

농부가 데려간 식당에서 총재가 선짓국을 몇 숟갈 못 뜨고 토한 것도 토란대가 들어갔기 때문이겠지요. 농부에게 내린 갑작스러운 지시는 총재의 보복이었습니다. 자신의 명령이라면 절대 어기지 않을 거라고 생각했기에 내린, 스스로 굶어 죽게 하려는 무서운 지시였던 겁니다.

하지만 농부는 용케 살아남았고, 구원의 문에 들어가는 총재에게 토란이 든 미숫가루를 바쳤습니다. 그걸 먹은 총재는 입과 식도가 퉁퉁 부어 숨도 못 쉴 지경이었고요. 그렇게 농부를 해치려던 총재의 말이 총재를 해쳤던 겁니다.

물론 총재가 음식에 혼입된 독을 먹고 죽었다는 게 더 있을 법한 일이지요. 하지만 내 상상이 좀 더 아이러니하지 않습니까?

두 번째 오산은, 경찰이 총재가 죽길 원했다는 겁니다.

총재가 교단을 키우고 크게 성공한 데는 아들인 경찰의 도움이 컸습니다. 경찰은 교단에 큰 공헌을 한 자신이 당연히 교단을 물려받을 거라고 여겼지요. 아니, 교단은 이미 그의 것이라고 확신했습니다. '내가 교단의 진짜 주인이다. 나야말로 새로운 구원자다'라고 믿으면서. 경찰은 자신을 따르는 이를 서서히 늘리고 교단을 자기 것으로 삼으려 했습니다. 농부를 도운 것도 그래서였지요.

경찰이 전화로 농부에게 조언해준 게 이상합니까? 전화 너머에서 어떻게 밭의 상황을 속속들이 알고 있었는지, 그게 궁금합니까?

경찰이 심어놓은 내통자가 농부의 일을 알려주었기 때문입니다.

말했었지요? 교단에는 이미 경찰에서 근무했던 신도가 여럿 있었다고. 그들 중 교주의 아들인 경찰과 연결된 자도 있었던 겁니다.

설마 내가 직접 알려준 거냐고요? 그건 노코멘트하겠습니다.

아무튼 서서히 교단을 집어삼키려던 경찰의 계획은 휴거 소동으로 꼬여버렸습니다. 낭패에 처한 총재가 기도를 빙자한 도주 계획을 알렸을 때 경찰은 고민했습니다. 어설픈 계획이 실패하면 교단이 무너질 것 같았습니다.

그때 기자가 천당원을 조사하겠다며 도움을 청했습니다.

경찰은 이 기회를 이용했습니다. 기자가 잠입할 시점을 조정하고, 아무것도 모르는 농부에게 총재가 기도 기간에 먹을 미숫가루에 독극물 혹은 토란 가루를 잔뜩 넣도록 지시했습니다.

여담이지만, 경찰은 예전부터 총재를 죽일 마음이 있었을 겁니다. 총재에게 토란 알레르기가 있다는 걸 알

앉을 경찰이 농부에게 토란을 재배하라고 권한 게 수상하지 않습니까? 독이 될 물건을 그렇게 예비한 거겠지요. 언제라도 자신이 원하는 때 총재 자리를 물려받을 수 있도록.

총재가 죽어 있는 걸 보고 모두가 충격에 빠진 그때야말로 경찰이 자기 계획이 성공했다는 걸 확인한 순간이었습니다. 희열에 차서 웃은 것도 당연합니다. 총재 자리를 잇겠다고 선언한 것 역시 계획한 대로였고요.

진실은 덮이고 세속과 종교의 권위로 거짓이 씌워졌습니다. 총재의 비참한 죽음은 휴거하여 육신을 버린 모습으로 해석되었습니다. 찜찜한 것들, 총재의 시체와 그 주변에 남았을 증거, 이용당한 기자 따위는 구원관과 함께 불타 없어졌습니다.

이 아드벡은 잘 숙성된 것 같습니다. 그전에도 똑같은 아드벡 10년을 마신 적이 있었는데, 그것보다 오늘 게 더욱 훌륭해요.

이렇게 술맛이 좋은 건 환경 덕도 있을 겁니다. 맛있는 술, 재미있는 이야기, 탐스러운 영혼! 이것들이 어우러진 훌륭한 환경이니까요.

그러니 자, 당신도 마셔요.

왜 그렇게 얼굴이 창백합니까? 못 들을 걸 들은 것처럼 말입니다. 이건 그저 이야기일 뿐입니다.

남은 이야기를 마저 해볼까요?

구원관의 화재는 사고로 처리되었고, 총재와 기자의 죽음도 사고로 종결되었습니다. 경찰이 힘을 쓴 덕이었습니다. 경찰은 당당하게 새 총재가 되었습니다. 하지만 물려받을 재산이 뜻밖에 얼마 없었습니다. 전 총재가 구원의 문에 들어가기 직전, 교단의 재산 상당수를 현금화하여 제가 숨으려던 틈새에 미리 넣어두었다는 걸 뒤늦게 안 겁니다.

위기에 처한 새 총재와 부총재는 어쩔 수 없이 운명공동체가 되어야 했습니다. 부총재는 교단의 낡은 죄를 떠안은 채였고, 새 총재는 교단을 물려받으며 새로운 죄를 저질렀으니까요. 두 인간은 서로의 죄를 쥔 채 한 덩이가 되었습니다.

물론 동맹은 잠깐이었어요. 한 명은 칼에 찔려 죽고 남은 자는 살인 교사로 체포되고 말았습니다. 한 명이 농부더러, 다른 하나가 사탄 마귀라고 속삭였던 겁니다. 칼에 찔린 게 누구이고 체포된 게 누구였는지는 기억나지 않지만, 그게 누가 되었든 전혀 이상하지 않아요. 한편 농부는 범행을 저지른 뒤 그 칼로 곧장 자살했는데, 이 또한 '사탄 마귀를 죽이고 영광되게 순교하라. 너는 천국으로 영광되이 가리라'는 가르침을 따른 대로였습니다.

이상한 말을 하는군요. 다른 이의 지시만으로 남을 죽이고 자기 목숨까지 끊는 게 말도 안 된다는 겁니까? 진심인가요?

하지만 말입니다.

스스로 생각하지 않아도 돼. 스스로 결정하지 않아도 돼.

어떻습니까? 달콤하게 들리지 않았나요?

이제 남은 건 유씨인가요? 그녀야말로 흥미롭게 타락했습니다.

유씨는 예배 때마다 손의 상처를 보이며 거듭남과 죄의 사함을 외쳤습니다. 하지만 교단이 순식간에 무너지면서 또다시 갈 곳을 잃었습니다. 자기 안위를 위해 두 번이나 다른 인간을 배신한 유씨는 이번에는 교단으로부터 배신을 당한 겁니다.

하지만 똑같은 일을 세 번이나 당하는 바보는 없다고 했던가요?

유씨는 스스로 새로운 교단을 만들었습니다. 어리

석은 인간들을 꼬드겨 자기 아래에 거두어들인 뒤, 손에 남은 화상 자국을 성흔이라고, 성스러운 불로 영혼이 정화된 흔적이라고 말했습니다. 그녀 아래 들어가는 이들은 제 몸의 일부를 불로 지져 교단과 하나가 되었음을 증명했지요. 유씨는 바보가 아니라는 걸 그렇게 스스로 내보였습니다.

인간들이 왜 진실을 따르지 않고 거짓을 믿는지를 고민하던, 총재의 침을 맞을 때 의심을 품었던 유씨는 결국 자기만의 진실로 가득 찬 세상을 열어 다른 이들을 불로 지져 상처 입히는 자가 되었습니다. 언젠가 내 손에 들어오면 딱 좋을, 탐스러운 썩은 영혼이 된 채.

폐문조거(閉門造車)라는 사자성어가 있습니다. '문을 닫아걸고 수레를 만든다'는 뜻인데, 문 너머의 실상을 보지 않고 닫힌 문 안에서 제 생각대로, 제멋대로 하는 꼴을 가리킵니다. 천당원에서 구원의 문을 두고 모두가 자기 믿는 바와 원하는 바를 앞세워 벌인 소동이 꼭 그 말과 같지 않습니까? 결국 인간들이 내세운 저마다의 아집은 다른 인간을 용납하지 못한 채, 거기 얽힌 자들의 영혼이 모두 훌륭히 타락하는 결말을 만들었습니다.

당신 말대로 끔찍한 결말입니다. 인간이라면 그리 여길 게 분명합니다. 하지만 악마에게는 이토록 즐거운 결말도 없지요.

이렇게 이야기가 또 하나 끝났습니다.

밤이 좀 더 깊어졌군요. 어둠과 타락이 탐스럽게 무르익어가는 밤이.

막간

 표정이 영 좋지 않군요. 머리가 어지럽나요? 하지만 당신은 이제 겨우 술잔을 반만 비웠을 뿐이잖아요?

 당신이 아는 1992년의 휴거 소동과는 다른 이야기라고요? 당신이 아는 게 잘못된 것일지도 모릅니다. 그때의 휴거는 큰 소동이었지만, 정작 실체가 어떠했는지는 모르는 이가 많거든요. 마치 홀로 진실을 안다고 뻐기지만, 실은 아무것도 모르는 인간처럼 말입니다.

 만약 당신이 저 안에 있었다면, 당신은 어떻게 했을까요? 당신이 나 대신 문지기 자리에 서 있었다면, 이야기의 결말은 달라졌을까요? 당신이 부총재였다면? 기자였다면? 유씨였다면? 농부였다면? 경찰이었다면? 당신은 다른 선택을 했을까요?

 이럴 때는 '아니요'라는 답이 곧바로 나와야죠. 왜 대답하지 못하고 고민하는 겁니까?

 주저하는 그 모습이야말로 당신이 인간이라는 증거입니다. 실컷 고심한 끝에 타락하는 결말로 걸어가는 게 훨씬 잘 어울리는 존재라는 겁니다.

 하기야 인간은 생각하는 짐승이지요.

나는 생각하는 인간을 좋아합니다. 인간이 타락하는 건 잘못을 저지르기 때문인데, 잘못은 쓸데없는 생각을 하기에 저지르는 겁니다. 괜한 생각으로 없던 문제를 만들어내고, 티끌만큼 작은 문제를 산만큼 크게 키우는 거지요.

잔이 비었군요. 술을 더 시켜야겠습니다.

당신도 술이 필요하면 말해요. 언제까지 당신 입에 맞지 않는 술잔을 놓고 끙끙거릴 겁니까? 이제 잔이 절반은 비었으니, 새 술을 시킬 명분은 충분하지 않습니까?

이번에도 선택지를 드릴까요? 아니면 내가 알아서 주문할까요? 평소 마시던 것과 다른, 독특한 걸 주문해 주면 됩니까?

나는 오늘 위스키가 마시고 싶은 기분입니다. 이 금빛 술을 잔뜩 탐하고 싶군요.

술만이 아닙니다. 맛있는 술, 재미있는 이야기, 탐스러운 영혼. 나는 그것들을 탐닉하고 싶습니다. 그리고 마침 여기에는 모든 게 갖춰져 있고요.

당신도 새 술을 고르기로 했습니까?

알겠습니다. 그러면 이번에도 선택지를 드리겠습니다.

악마가 제시하는 선택지를 잘 음미해보세요. 당신은 무엇을 고를 겁니까?

부복장주,
뱃속에 숨기지 못하고

1

술이 맛없나요? 안 마시는군요.

이번에는 싼 술을 골랐잖습니까. 그새 아드벡의 맛에 혀가 길들여진 겁니까?

아드벡을 맛보기 전이었다면 당신은 이걸 맛있게 마셨을 겁니다. 하지만 아드벡을 마시고 난 뒤엔 역치가 크게 느껴지겠지요. 아드벡에 비하면 당신이 고른 술은 고급스러운 섬세함은 없는, 황금빛만 조악하게 모방한 것일지도 모르겠군요.

황금빛의 모방이라. 그러고 보니 옛날 사기꾼들은 황철석이나 황동석을 황금인 척 꾸몄어요. 본질은 싸구려라도 겉보기엔 그럴듯한 황금색이니까요. 황금을 감별하는 방법이 있는데, 바로….

오? 조흔색이 뭔지를 압니까?

뜻밖이군요. 이과 쪽 지식은 전혀 없을 줄 알았습니다.

오해를 불러일으켜 미안합니다. 악마가 허세 가득하고 가식이 넘치는 존재이지만, 조금 전에 한 말은 당신을 비웃으려는 것도, 쓸데없는 지식을 자랑하려는 것도 아니었습니다. 이번에는 금과 사기꾼에 얽힌 이야기를 하려던 참이었거든요.

1987년 7월이었습니다. 독재를 꿈꾸며 권력을 마구 휘두르던 타락한 인간의 운명이 종말에 접어드는 듯했고, '호헌 철폐'를 외치던 자들은 승리에 취해 제 꿈과 야심을 드러낼 때를 재어보던, 종식되어가는 혼란 위에 새로운 혼란이 자라나려던 시기였지요. 인간들이 속에 품고 있던 황금빛 꿈을 견주어보던 그때, 나는 나를 속이려 드는 사기꾼과 얽혔습니다.

사기꾼을 만난 적은 더러 있습니다. 사기꾼과 거래를 한 적도 있었지요. 하지만 인간이 부린 수작에 당한 건 그때가 처음이었어요. 참 드문 경우였지요.

인간은 악마보다 더 교활하고 지독합니다. 그때의 그자가 그러했지요. 악마의 뒤통수를 치다니! 참으로 주제넘은 짓이었어요.

2

"대체 얼마나 더 가야 해요?"

길도 아닌 돌투성이 산등성이를 힘겹게 오르며 김여사가 투덜거렸습니다. 뒤따라오던 황씨가 급히 말했습니다.

"금방입니다. 5분만 더 가면 나옵니다."

등산하는 인간은 늘 저런 거짓말을 하지.

속으로 그렇게 생각하며 나는 김 여사를 부축해주었습니다. 어지럽게 불어오는 바람에 섞여 김 여사의 몸에서 땀 냄새 섞인 짙은 화장품 냄새가 훅 풍기더군요. '김 여사'라고 불렀지만, 그녀는 아직 30대 후반이었습니다.

험한 산자락과 빽빽한 나무 사이로 보이는 하늘은 우중충했습니다. 멀리서 우르릉, 불길한 소리가 났습니다. 김 여사가 다시 볼멘소리를 뱉었습니다.

"이러다 비 퍼붓는 거 아녜요? 태풍이 곧 온다는 말도 있었던 거 같은데."

"일기예보 못 봤능교? 태풍은 한반도로 안 온다꼬 기상청이 그래 단디 말하드만."

황 노인이 카랑카랑한 목소리로 대꾸했습니다. 뒤를 따라오는 이들이 마지못해 따라간다는 걸 알면 포기할 법도 한데, 노인은 고집스레 걸음을 옮겼지요. 선두에서 일행을 이끄는 황 노인의 정정한 걸음걸이에서 노쇠함은 전혀 느껴지지 않았지요.

10여 분가량 나무숲을 헤치며 산을 올랐더니, 돌연

평평한 지대가 나타났습니다. 좁은 평지 여기저기에 돌무더기가 흐트러져 있었고, 암벽 한가운데 시커먼 동굴이 입 벌린 게 보였습니다.

축축하게 젖은 새카만 돌벽은 색깔만으로도 이미 으스스했습니다. 거기에 돌 사이로 번진 푸른 녹이 번개처럼 제멋대로 아래로 그어져 있어 더욱 섬뜩해 보였지요. 반듯하게 나 있는 자국들은 이곳이 자연적으로 생긴 게 아니란 걸 알려주었습니다. 숨을 헐떡이는 김 여사를 본체만체 황 노인이 말했습니다.

"여가 폐광입니더. 왜정 때 왜놈들이 여서 구리를 음청 캤었다 카데예. 시퍼렇게 보이는 저게 다 구리에 녹슬어가 그래 된 깁니더. 마, 10원짜리에 녹슬믄 저래 시퍼렇게 된다 아입니꺼."

"확실합니까? 여기가 종이에 적혀 있던 그 장소인 게."

나는 다시 물었습니다. 의심쩍어하는 내 말투가 거슬렸는지 황 노인이 거친 손놀림으로 점퍼 주머니를 뒤적여 종이를 꺼냈습니다. 황씨가 목소리를 높였습니다.

"아부지, 그걸 와 여까지 챙기 옵니꺼? 밑에서 보이 줬으믄 충분한 거를 만다꼬…. 이라다 비 내리믄 우짤라고…."

황 노인이 노려보고서야 황씨의 투덜거림이 멈췄습니다.

우리가 산을 오르기 위해 황씨의 집에서 나왔을 때 가장 늦게 나온 건 황 노인이었습니다. 머리에 헬멧을 쓰고 장갑 낀 손에 단단해 보이는 지팡이도 들고 튼튼한 신발까지 신고 있는 데다 허리춤에는 밧줄 뭉텅이와 커다란 랜턴도 차고 있어서, 폐광산에 들어가려 안달하는 것처럼 보였습니다.

황 노인이 나와 김 여사에게 누런 종이를 내밀었습니다.

"단디 보이소. 여다 우째 적어놨는가."

산 중턱에 집채 같은 바위가 놓였고 그 옆으로 또 하나가 놓여 가달이 졌다. 그 가운데다 뻐듬한 돌장벽을 끼고 구멍을 뚫은 것이다. 가루지는 한 발 좀 못 되고 길벅지는 약 서 발가량.

황 노인이 동굴을 가리키며 설명했습니다.

"보이소. 커다란 바위에다 구멍 내놨지예? 전에 자 갖고 대보니까 길이가 가로는 1메다 50이 쪼매 넘고, 높이도 5메다가 넘겠데예. 한 발이 1메다 80이니까, 딱 적어놓은 그대로인기라."

"한 발이 1미터 80센티미터라, 그렇군요."

나는 고개를 끄덕였습니다. 김 여사는 고개를 갸웃거렸지만요.

"여기 적힌 대로라면 입구 옆에 바위가 하나 더 있어야 하는데요?"

"산사태 일어났을 때 그 바위가 아래로 같이 굴러 떨어지뻤십니더. 저 아래쪽에 보믄 바위 덩어리 떨어지가 있는 기 보일 낍니더. 참말로 천운 아인교? 숨카놓은 거 찾아볼 끼라고 크따난 걸 힘들여가 안 치워도 됐으니까는. 자자, 뭐 하능교? 얼렁 안 들어가고."

"아부지, 그래 급하게 안 해도 된다 아입니꺼. 지금 당장 안 가봐도 될 낍니더. 좀 있으믄 비도 음청 쏟아질 낀데…."

황씨가 말리려 했지만 노인은 막무가내였습니다.

"사내놈이 되어가 와 머뭇거리노? 쇠뿔도 단김에 빼라 안 카드나. 얼렁 가자!"

시커먼 동굴로 발을 들이는 노인을 보며 황씨가 사과했습니다.

"아버지가 워낙 고집이 세셔서…. 죄송합니다."

나는 김 여사에게 고개를 끄덕여 보이고, 황씨에게

는 들리지 않게 속삭였습니다.

"저 노인, 행동은 거칠어도 하는 말이 어색하지 않군요. 폐광 안에서 정말로 뭔가를 보았거나, 전에도 이런 일을 겪어본 적이 있거나, 뭐 그런 거겠지요."

"나도 같은 생각이에요."

여전히 불안한 기색을 감추지 못한 채 김 여사가 대답했습니다.

그때였습니다.

번쩍! 눈앞이 빛났습니다.

콰르릉! 곧바로 머리 위에서 큰 소리가 났습니다.

김 여사가 새된 비명을 질렀습니다.

우리가 선 곳 근처 어딘가에 벼락이 꽂힌 게 분명했습니다. 그게 신호인 것처럼 빗방울이 마구 쏟아졌습니다. 더는 지체할 수 없었습니다. 나는 김 여사에게 급히 손짓했습니다.

"얼른 들어갑시다. 벼락 맞을지도 몰라요. 일단 비는 피해야죠!"

어쩔 수 없이 김 여사도 동굴 안으로 들어갔습니다.

그렇게 우리는 쏟아지는 폭우를 피해, 그리고 숨겨진 금을 찾기 위해 축축한 폐광 안으로 발을 들여놓았습니다.

내가 어떻게 금 찾기 일에 끼어들게 되었는지 말하는 걸 잊었군요. 나는 금이 있다는 소문 옆에서 얼쩡거리고 있었습니다.

숨겨진 금 찾기 사업을 설명하는 자리를 마련한 건 황씨였습니다. 그는 청중 앞에서 부산 모처에 일본군이 폐광에 숨겨둔 금이 있다고 선언했습니다. 이어서 금을 찾아내는 게 국가와 민족을 위한 일이라고 열정적으로 외쳤습니다. 인간들을 설득하기 좋은 화제이긴 했습니다. 1987년 7월은 독재자에게 승리했다는 기쁨이 민족주의적 정서와 뒤엉켜 강렬히 끓어오르던 시기였으니까요.

"금괴를 찾아내는 일은 사익을 위해서가 아닙니다. 일본군이 약탈한 금을 발견한다! 일본군이 우리 민족에게서 빼앗은 금을 우리 손으로 되찾는다! 이야말로 독재 타도에 이은, 우리 민족의 정기를 바로 세우는 쾌거가 될 것입니다!"

말을 끝낸 황씨의 얼굴이 새빨갛게 달아올라 있었습니다. 30대 후반치고 혈색 나쁜 얼굴이었지만, 한 시간 넘게 열변을 토한 덕에 그럭저럭 볼 만해졌더군요. 황씨는 곧바로 청중을 살폈습니다. 그들의 표정 또한 자신과 비슷하길 바랐을 겁니다. 하지만 곧 얼굴이 굳어졌습니다. 나는 일부러 무표정을 꾸미고 있었는데, 공교롭게도 다른 자들 역시 나와 같은 표정이었거든요.

곧바로 날카로운 질문이 쏟아졌습니다. 황씨는 당황해서 어물거리기만 했습니다. 자기 계획을 부정적으로 보는 이가 있을 줄은 미처 생각하지 못한 듯했어요. 제대로 대답하지 못하는 황씨를 보고 다들 자리에서 일어났습니다. 황씨가 망연자실한 얼굴로 모두가 나가버린 문만 쳐다보았습니다.

그렇게 설명회는 실패했습니다.

황씨가 구체적인 증거를 내놓지 못한 탓도 있었습니다만, 더 큰 실수는 장소였습니다. 삐걱거리는 새카만 새시 창문과 철문, 시멘트와 철근이 드러난 얼룩덜룩한 잿빛 바닥, 너무 낡아서 찢어지기 직전인 시커먼 소파와 칠이 벗겨져 갈색 녹이 슨 접이식 의자, 물걸레질 후 남은 비릿하고 구릿한 냄새가 풍기는 허름한 사무실. 싸다는 이유만으로 그렇게 낡은 장소를 빌려 설명회를 열었던 겁니다. 인간은 감각에 휘둘리는 생물입니다. 그런 곳에서 이야기를 들으면 의심할 수밖에 없지요.

나는 소파에서 미적거리다가 뒤늦게 물었습니다.

"당신 이야기, 확실한 겁니까?"

남은 우리를 보며 황씨가 애타게 답했습니다.

"확실하다마다요. 제 손목 걸고 보장합니다, 마 선

생님!"

"사기꾼이 손목 건다고 말하는 걸 한두 번 들은 게 아니라서…."

나는 귀찮다는 듯 손을 휘저어 보였습니다.

"당신 말대로라면 부산 모처에 폐광이 있는데, 그 안에 일본군이 숨겨둔 금이 있다는 거잖아요? 하지만 말만 실컷 했지 증거는 제시하지 못했단 말입니다. 내가 당신을 사기꾼이라고 생각하는 게 이상한 겁니까, 정상인 겁니까?"

옆에 앉은 김 여사가 내 무릎에 손을 올렸습니다. 내가 입을 다물자 김 여사가 말했습니다.

"마 선생님, 나도 투자 때문에 여러 사람을 만났고, 말 잘하는 사람도 많이 봤답니다. 그런데 그럴듯하게 말하는 사람이 오히려 사기꾼일 때가 많더라고요."

황씨의 얼굴에 안도가 깃들더군요. 김 여사가 자기 편을 들어주었다고 여긴 겁니다.

"나도 사기꾼인지 아닌지 보는 눈 정도는 있어요. 그래서 일단 남은 겁니다. 그래도 말보다 증거! 돈을 쓰려면 증거가 있어야 합니다. 말만 믿고 투자할 수는 없단 말입니다."

황씨가 급히 대답했습니다.

"폐광 내부 도면과 거기서 일했던 일꾼이 남긴 기록이 있습니다! 투자자들이 모이면 그걸 보여드리고 상세하게 설명하려고 했습니다."

그걸 먼저 보여주어야 투자자가 모이지. 지지리도 일머리가 없는 자 같으니.

나는 속으로 빈정거렸어요.

황씨가 검은 결재판을 가져왔습니다. 안에 끼워진 사진 중 가장 위에는 돌무더기 사이로 난 시커먼, 끝을 알 수 없는 구멍이 찍혀 있었습니다. 김 여사가 중얼거렸습니다.

"단테의 책에 나오는 연옥으로 들어가는 입구 같네요."

"여기가 폐광 입구입니다. 작년에 산사태가 나면서 지금까지 숨겨져 있던 게 용케 드러난 겁니다. 안에 나무와 쇠로 지지대를 받친 흔적이 뚜렷하게 남아 있는 게, 일제강점기 때 일본이 판 갱도가 분명해 보였습니다. 하지만 깊이 들어가지는 못했어요. 중간에 돌무더기로 막힌 곳도 있어서, 전문적인 탐사 장비 없이는 위험합니다."

나는 시큰둥하게 대꾸했습니다.

"여기가 폐광이라는 것과 안에 금을 숨겨두었다는

건 별개의 이야기입니다. 다른 증거는요?"

"마 선생님. 너무 재촉해도 곤란해요."

김 여사가 내 무릎을 툭툭 치며 말렸어요.

"여기, 이 사진을 보시면…."

황씨가 가리킨 다른 사진은 종이를 찍은 것들이었습니다. 종이에는 산 중턱 굴 입구가 곧게 뻗어 나가서 넓은 공간과 닿는 모습을 정교하게 그리려 애쓴 그림이 그려져 있었고, '金(금)으로 만든 佛像(불상)', '金塊(금괴)가 든 木函(목함)' 따위의 글자가 적혀 있더군요. 펜글씨가 휘갈겨진 누렇게 바랜 싸구려 종이 사진도 있었습니다.

땅속 저 밑은 늘 음침하다.
고달픈 간드렛 불. 맥없이 푸르끼하다. 밤과 달라서 낮엔 되우 흐릿하였다.
거츠로 황토장벽으로 앞뒤 좌우가 콕 막힌 좁직안 구뎅이. 흡사히 무덤 속 같이 귀중중하다. 싸늘한 침묵. 쿠더브레한 흙내와 징그러운 냉기만이 그 속에 자욱하다.

"누가 썼는지는 몰라도 동굴 안을 잘 묘사했네요. 마치 소설 문장 같아요."

김 여사가 중얼거렸습니다.

황씨가 첫 문장 위에 크게 쓴 '金'이라는 한자를 짚었습니다. 뒤에 이어진 글자 몇 개는 얼룩이 번져 보이지 않았습니다.

"갱도를 파던 사람이 금을 운반하던 일을 이렇게 남긴 것 같습니다. 아랫동네에서 소문을 들었는데, 일제 강점기 때 패망 직전에 인부들을 징발해 그리로 뭘 옮겼다는 이야기가 있습니다. 일기가 몇 장밖에 남지 않아 뭐가 얼마나 있는지를 정확하게 알 수는 없습니다만…."

나는 매몰차게 대꾸했습니다.

"나도 이런 건 똑같이 만들 수 있습니다. 낡은 종이에다 펜만 놀리면 되는 거잖습니까? 종이는 어디 있습니까? 사진이 아니라 실물을 보여주셔야죠."

"마 선생님."

김 여사가 다시 나를 제지했어요. 황씨가 급히 말했습니다.

"이건 아버지가 보관했던 문서입니다. 아버지도 예전부터 금 소문을 추적하셨습니다. 지금 우리 집이 있는 땅을 1961년에 사셨는데, 금이 숨겨진 폐광이 어디 있는지 찾으려고 매입했다고 지나가듯 말씀하신 적이 있습니다. 폐광 입구가 가려져 있어 여태 찾지 못하셨던 거지요. 그런데 산사태로 돌이 쓸려 나가며 뜻밖의 기회가 찾아왔고요."

"허."

입에서 절로 소리가 나오더군요. 황씨에게는 믿지 못하겠다는 뜻으로 들렸겠지만 말입니다. 김 여사도 고개를 갸웃거렸습니다.

"그곳 땅이 불안정한가요? 산사태가 잘 일어난다니, 그건 곤란한데요."

황씨가 벌떡 일어나 김 여사의 손을 꽉 잡았습니다.

"김 여사님, 마 선생님, 당장 부산으로 가시지요. 우리 집에 가서 문서를 보시고, 폐광에도 들어가 봅시다. 그러면 제 말을 믿으실 겁니다."

"음."

"제 손목을 걸겠습니다. 제 외동아들도 걸겠습니다. 우리 애가 참 공부 잘하고 성실합니다. 명문대 갈 거라고 사람들 칭찬이 자자합니다. 그런 아들을 둔 제가 왜 거짓말을 하겠습니까? 그러니 한 번만, 부산에 있는 우리 집에 와 보십시오. 네?"

황씨의 애타는 목소리를 들으며 나는 괜히 얼굴을 찡그려 보였습니다. 김 여사와 눈이 마주치자 아주 작게 고개를 끄덕였고요. 미리 약속한 신호대로였습니다.

'굿 캅 배드 캅'은 경찰이 용의자를 심문할 때 주도권을 잡기 위해 쓰는 전략입니다. 우리는 황씨에게 같은 짓을 하고 있었습니다. 나는 황씨에게 부정적이고 의심 가득한 태도를 보였고, 김 여사는 황씨를 옹호하는 척하며 살살 구슬렸던 거지요.

내 무릎에 다시 손을 올리며 김 여사가 말했습니다.

"그렇게까지 말씀하시니, 황 선생님 댁을 방문해볼 필요는 있을 것 같네요. 어떻게 생각해요, 마 선생님?"

손이 내 무릎을 과하게 쓰다듬는 것 같아 대답이 늦어졌습니다. 그 틈을 놓치지 않고 황씨가 대꾸했습니다.

"물론입니다, 김 여사님! 당장 비행기 표 끊겠습니다! 마 선생님도 같이 가실 거지요?"

황씨는 김 여사에 기대어 나를 설득하려 했습니다. 계속 주도권을 쥐려고 나는 더더욱 불퉁거려야 했고요.

왜 주도권을 쥐어야 했냐고요? 당연히 영혼을 타락시키려는 목적 때문이 아니겠습니까? 내 뜻대로 인간을 휘두를 수 있어야, 영혼을 쉽게 지옥으로 거두어갈 수 있단 말입니다. 물론 그러면서 인간이 추락하는 모습을 구경하고 즐기려는 목적도 있지만요.

사기꾼은 상대방을 단번에 속이지 않습니다. 조금씩 상대의 경계심을 허물다가 적절한 순간 제 편으로 확 끌어들여 홀리지요. 나 또한 그들을 순식간에 타락시킬 계획이었습니다.

3

황씨는 '우리 집'이라고 말했습니다만, 사실은 그의 아버지 소유였습니다. 집이 어디 있었는지는 기억나지 않네요. 분명 어느 산자락이었는데…. 금정산? 백양산? 황령산? 애매하군요. 부산에 산이 워낙 많다 보니.

부산의 도로를 차로 달려본 적이 있습니까? 지금은 '산복도로'라는 것이 부산을 상징하는 명소가 되었지만, 그때는 좁고 구불거리는 데다 포장도 엉망진창인 길이었어요. 게다가 우리가 간 곳이 어찌나 가파른지! 택시가 덜컹거릴 때마다 김 여사가 새된 소리를 흘리던 기억이 납니다.

우리를 태운 택시는 도로 사정 따윈 아랑곳하지 않고 마구 질주했습니다. 롤러코스터가 따로 없었어요. 택시 기사마저 아주 수다스러운 자였습니다.

"부산이 이래 길이 좁고 험해가 전두환이가 땡크 끌고 왔어도 여 산동네까지는 못 오는 기라. 여까지 땡크 몰아삐면 땡크고 정권이고 다 디비지는 거지예. 인자 전두환이가 쫓기나삐믄 다음에는 누가 대통령 될 거 같십니꺼? YS가 해묵을라나? 아이믄 DJ인가? 서울서는 뭐 쫌 말 없던가예?"

끊임없는 수다를 들으며 우리는 침묵을 지켰습니다.

대화 몇 마디쯤은 할 수도 있지 않느냐고요? 민주화를 외치던 자들이 승리한 직후라 해도, 아직 군부 통치는 종식되지 않았습니다. 권력이 심어둔 음험한 감시자가 어디 숨어 있을지 모를 일이었어요. 대놓고 정권을 욕하는 택시 기사가 사실 보안사령부에서 심어놓은 자일 수도 있었단 말입니다. 침묵이야말로 오래 살아남기 위한 전략입니다.

황씨 아버지의 집은 산 중턱에 있었습니다. 더위는 느껴지지 않았는데, 스릴 넘치던 길보다는 구름 가득한 날씨 탓이 더 컸습니다. 부산에 갈 때 비행기가 강풍 때문에 뜨지 못하자 황씨가 당시 가장 요금이 비싼 새마을호 기차를 급히 끊었을 정도였거든요.

그날이 7월 15일이었던 건 똑똑히 기억합니다. 무더워야 할 날이 그렇지 않다는 괴리감이 큰 날이었습니다.

길 끝 산비탈에 낡은 집이 있었습니다. 시커먼 철제 대문 앞에 황씨의 아버지가 나와 있었습니다. 예순다섯 살? 예순여섯 살이었나? 꼿꼿한 몸 덕분에 열 살은 더 젊어 보였어요. 한창때는 분명 힘깨나 썼을 게 분명했습니다.

"먼 데서 온다꼬 욕봤십니더."

거친 사투리를 감안하더라도 호의적인 말투는 아니었습니다. 우리의 인사에도 노인은 노려보기만 했습니다. 황 노인이 눈이 마주치자마자 내게 대뜸 묻더군요.

"선생은 전에 내 본 적 있능교?"

"아부지, 무슨 소리 하십니꺼? 마 선생님은 얼마 전까지 경찰 일 하시던 분입니더. 아부지랑 은제 본 적 있다꼬…. 마 선생님, 죄송합니다. 아버지가 괜한 소릴 하신 것뿐입니다."

황씨가 내게 허리 숙여 사과했습니다. 황 노인도 더는 묻지 않았지요. 나도 굳이 대꾸할 생각은 없었고요.

"산이 깊네요? 내가 들은 것과 다르네요. 이런 데다 뭘 제대로 올릴 수나 있을까?"

김 여사가 주위를 둘러보며 중얼거렸습니다. 선홍색 등산복과 머리에 쓴 빨간 선바이저, 하얀 운동화 때문에 길을 잘못 든 등산객으로밖엔 보이지 않았습니다.

그래도 그중 가장 적절한 복장이었습니다. 나와 황씨는 정장을 입고 있었으니까요.

나무와 풀이 울창하게 우거진 산비탈 아래, 용케 닦아놓은 평지에 이층 양옥이 서 있었습니다. 황 노인이 1961년 말에 땅을 사면서 새로 올린 집이라고 했습니다. 처음 지을 때는 최신식이었겠지만 이제는 낡고 쇠락해 수리가 절실한 몰골이었습니다.

집 안에 들어가자 황 노인의 부인이 우리를 반겼지만, 호들갑스러운 인사가 끝난 뒤 고요함이 다시 어색하게 내려앉았습니다. 부인은 황 노인보다 몇 살 아래였지만 구부정한 등과 휘적거리는 발걸음 때문에 남편보다 늙어 보였어요. 그녀가 뜻밖의 손님을 맞아 상을 차리겠다고 분주했지만, 쇠락한 집안 모습을 보면 정말로 내올 게 없어서 상이 나오지 못하는 듯했습니다. 고립된 고독의 냄새가 났습니다. 다른 인간이 찾지 않는 곳이 분명했습니다. 우두커니 서 있던 우리를 황씨가 얼른 방으로 이끌었습니다.

황씨가 장롱 위에서 낡은 나무 상자를 꺼냈습니다. 그 안에 증거라는 게 담겨 있는 모양이었습니다. 찌푸린 채 아들이 하는 걸 지켜보던 황 노인이 더는 못 참고 쏘아붙이더군요.

"그건 와 꺼내노?"

"얼마 전에 아부지가 찾은, 산에 있는 굴 있지예? 마 선생님하고 김 여사님이 거에 관심 많으십니더."

"거가 와? 와 그거 가꼬 니가 호들갑이고?"

"아부지도 안다 아입니꺼, 거 금이 숨카지가 있는 거를. 아부지가 모아둔 종이에도 금 이야기 적혀 있었꼬예. 그래가 내가…."

아들의 말이 끝나기도 전에 노인의 화난 목소리가 터져 나왔습니다.

"하이고, 이 문디 자슥아! 얼마 전부터 금 금 노래를 부르더만, 뭔가도 모르고 일 벌린 기가? 그딴 거 할 정신머리 있으믄 얼렁 다시 직장 구할 생각부터 해라. 맨날 허튼 생각만 해싸니까 보증 서주다가 재산도 날리묵고 마누라도 이혼해삐고 직장도 못 댕기는 기다. 그래가 삼대독자 우리 손자는 우째 공부시키가 우예 서울대 보낼라 카노? 가는 니처럼 빙신 쪼다 안 만들어야 한다 아이가!"

황씨가 울컥하는 게 보였습니다.

"초 치지 쫌 마이소. 두 분이 서울서 와 이까지 왔는데예? 얼마 전에 내가 아부지 종이를 사진으로 찍어 갔다 아입니꺼. 이분들이 그거 보고는 관심 보이셨십니더. 여 산에 일본 놈들이 금 숨카놨다고 내가 설명하니까 이분들이 그게 말이 된다 싶어가, 거 안에 파볼 돈 대주실라꼬 여까지 먼 걸음 오신 깁니더."

"만다꼬? 어데 그래 돈이 썩어나가더나?"

"이분들이 옥수로 돈 많십니더. 김 여사님은 부동산으로 소문이 자자하시고예, 마 선생님도 집에 금송아지가 몇십 마리는 있다꼬 소문난 분이십니더. 이분들이 갱도 파헤치는 돈 낼 수 있으니 일단 거가 우예 생겼나 보고 싶어가 여까지 오신 깁니더!"

황 노인이 눈을 껌벅거렸습니다.

"두 분 다 돈을 대줄 수 있다고? 거 굴 팔라믄 돈이 음청 들 낀데?"

"아까부터 그렇다꼬 말했다 아입니꺼."

황씨가 짜증을 냈습니다. 노인의 얼굴은 여전히 찌푸려진 채였지만, 우리를 보는 눈빛이 달라진 게 느껴졌습니다.

"김 여사하고 마 선생이라 캤지예? 마, 고생해가 여까지 내려오있는데 우리 아 이야기 함 들어는 보이소. 듣는 거는 공짜다 아인교."

나와 김 여사는 자리에 앉았습니다. 당당함을 되찾은 황씨가 말했습니다.

"일제강점기 때 일본이 숨겨놓은 금 소문이 전국에 퍼져 있는 걸 아십니까? 부산에도 소문이 곳곳에 남아 있습니다. 문현동 쪽에도 모처 지하에 금을 숨겨놨다고도 하고…."

"어뢰 창고 금 이야기 말이지요? 저도 들은 적 있어요. 예전에 투자해달라는 부탁을 받은 적 있거든요. 미심쩍어서 그냥 돌려보냈지만요. 그랬었죠, 마 선생님?"

김 여사의 말에 나는 시큰둥하게 고개만 끄덕였습니다. 황 노인이 손을 휘휘 저었습니다.

"그란 데는 별 볼 일 없는 기라. 벌써 그래 소문이 다 나삐가 온갖 놈들이 천지 빽까리로 와가 기웃거릴 낀데, 손에 몇 푼이나 들어올 거 같십니꺼?"

"하지만 여기 폐광은 아는 이가 거의 없습니다. 뒷산이 다 우리 땅이라…."

"내 땅이다. 니는 은제부터 내한테 땅 받은 거맹키로 행세하는 기고?"

면박을 당한 황씨의 얼굴이 구겨졌습니다. 하지만 설명은 계속되었습니다.

"패망 직전에 일본 놈들이 우리나라와 중국 같은 곳에서 긁어모은 금을 부산에 다 실어온 겁니다. 여기서 현해탄만 건너면 바로 일본이니까요. 여기 모아두었다가 한 번에 가져가려 한 겁니다."

"조선 놈들이사 굶어 죽던 말던 왜놈들 즈그들만 먹고 살 끼라고 그랬던 기지예. 와, 정치하는 놈들도 기업들한테 돈 처받고 그래 싼다 아입니꺼."

황씨 부자의 이야기를 일부러 들은 척 만 척했습니다. 김 여사도 귀 기울이는 게 분명했지만 내색하지 않았고요. 황씨는 초조해하는 기색이 역력했습니다.

"아버지도 여기를 우연히 알게 되셨다고 합니다. 젊을 적 사업가로 활동하실 때 만난 사람이…."

"조용히 해라. 내 일을 와 니가 씨부리고 앉았는데?"

집안의 서열은 확고해 보였습니다. 일흔이 다 된 노인에게 억눌리는 마흔 가까운 한심한 아들. 솔직히 볼썽사납기만 했습니다.

"보자, 박 대통령 각하가 혁명 일으킨 해에 이걸 봤으니까, 벌써 25년도 지났네예."

노인이 말을 고르느라 침묵이 길었습니다.

"그때 울 아부지가 쪼매난 사업을 하고 있었고 내가 밑에서 거들고 있었십니더. 그때 어떤 놈이 찾아와가 꼬는 이거를 쑥 내밀데예. 아부지가 '이게 뭐교, 소설이라도 써놓은 깁니꺼?' 이라니까 금마가 '아입니더, 여 왜 놈들이 보물 숨카놓은 광산이 우예 생깄나 적히 있다 아입니꺼. 이게 진짜배기 보물 지도나 마찬가지입니더.' 이카더라고예."

노인이 나무 상자에서 종이를 꺼냈습니다.

나는 종이를 건네받았습니다. 누렇다 못해 시커멓게 변해가는 색깔, 미끄덩한 촉감, 바스락거리는 소리 등으로 정말로 수십 년 묵었다는 걸 알 수 있었지요. 서울에서 사진으로 보았던 바로 그 종이였습니다.

황씨가 질세라 다른 종이를 펼쳤습니다.

"여기, 이 기록도 보십시오. 갱도가 있던 산을 묘사한 건데…"

감때사나운 큰 바위가 반득이는 하늘을 찌를 듯이, 삐쭤 솟았다. 그 양어깨로 자지레한 바위는 몽글몽글한 놈이 검은 구름 같다.

사방은 모두 이따위 산에 돌렸다. 바람은 빤질 내려 구르며 습기와 함께 낙엽을 풍긴다. 을씨년스레 샘물은 노냥 쫄랑쫄랑. 금시라도 시꺼먼 산 중턱에서 호랑이불이 보일 듯싶다.

"광산에 가 보시면 적힌 대로인 걸 확인할 수 있을 겁니다. 근방에 작은 샘이 하나 있는 것까지 똑같습니다."

노인도 질세라 말했습니다.

"그때 우짜다가 산사태가 나가 이거 보이준 놈이 고마 죽어뻤십니더. 금마가 '아이고, 금 못 찾고 죽는 게 한입니더' 이카믄서, 내한테 광산 위치가 어데 같다고 갈키주고 종이도 같이 준 거라."

"그러니까, 죽은 사람이 금을 숨긴 동굴의 모습이며 위치를 미리 적어놨다는 거네요?"

"맞십니더. 근데 갈키준 곳을 암만 살피봐도 돌무더기만 가득해가 동굴이 없는 거 같더라고예. 아, 내가 속았는갑다, 이카고 넘겼지예. 마, 그 사고에 울 아부지도 같이 휘말리가 돌아가시뻤는데, 그것도 우째 수습을 해야 되가꼬, 내가 여 땅만 사고 그 뒤로 뭘 제대로 해볼 경황이 없었던 기라. 그런데 작년에 고마 굴이 드러나뻤던 기고."

"그러면 이건 뭔가요?"

김 여사가 바닥에 놓인 종이를 가리켰습니다. 황 노인이 잽싸게 종이를 낚아챘습니다.

"이건 진짜로 중요한 거라가 함부로 못 보여줍니

더. 두 분이 돈 대주겠다, 확실하게 그라캐야 이것도 보이주고 동굴도 비줄 수 있지예."

노인 또한 자기에게 유리한 쪽으로 끌고 가려는 게 분명했습니다.

미심쩍은 표정을 짓던 김 여사에게 신호를 주자, 노련한 김 여사는 일부러 더 크게 고개를 갸웃거렸어요.

"폐광부터 조사해봐야 우리가 발굴에 투자할지를 결정할 수 있겠는데요?"

조곤조곤 꺼냈지만 양보할 생각은 전혀 없다는 뜻을 분명히 담은 말이었습니다. 황씨가 당황해했습니다.

"여기 이렇게 증거가 있으니, 투자해주셔도…."

"이건 그냥 기록일 뿐이잖아요? 좀 더 확실한 증거가 있어야지요."

김 여사는 고집을 부렸습니다. 하지만 황 노인은 더욱 막무가내였습니다.

"투자해도 아무 문제가 없다 아입니꺼. 금 숨카지가 있다는 증거도 있십니더. 내가 저 안에서 본 게 있어가."

"그게 문 말입니꺼? 아부지, 은제 거를 가본 깁니꺼?"

"니 서울 가가 없을 때 함 들어가 봤다. 와?"

"내한테만 들어가 보라고 하고 아부지는 안 들어가 봤다 아입니꺼? 거를 우째 혼자 또 가보신깁니꺼?"

"뭐가 있는가는 똑바로 알아봐야제! 니는 고마 입 다물어라!"

그 뒤로도 주도권을 가지려는 대화가 한참 이어졌습니다. 하지만 김 여사의 뜻을 꺾을 수는 없었지요. 결국 황 노인이 벌떡 일어났습니다.

"하이고, 참말로…. 그라믄 가보입시더."

"네?"

김 여사가 되물었습니다. 황 노인이 고함쳤습니다.

"빨리빨리 해삐리야지! 굴에 가보믄 될거 아입니꺼! 마, 니도 얼렁 일나라!"

황씨도 반사적으로 벌떡 일어났습니다. 나도 어쩔 수 없다는 듯 따라 일어섰지요.

"경상도 사람들, 성질도 급하지."

김 여사가 중얼거리는 소리가 들렸습니다. 나는 대꾸하지 않았습니다. 황 노인이 급한 성미 때문에 저러는 게 아니라는 걸 알고 있었지만, 굳이 말할 필요는 없었지요.

그렇게 황 노인이 주도권을 잡았습니다. 나이와 막무가내 성격을 무기 삼아 그는 모두를 휘어잡으려 들었습니다. 하지만 그의 기세가 언제 어떻게 꺾일지는 알 수 없었습니다. 김 여사 또한 만만한 인물은 아니었으니까요.

4

김 여사의 과거는 오리무중이었습니다. 명문 대학교를 나왔다, 술집 마담이었다, 기업가의 숨겨진 딸이다, 정치인의 첩이었다···. 참 많은 이야기가 오갔지만, 무엇이 진실인지는 알 수 없었습니다.

그래도 김 여사가 다른 이에게 보여주려는 모습은 분명했습니다. 김 여사는 문학을 깊이 공부했다고 말했고, 그럴듯한 언행으로 교양을 뽐내곤 했습니다. 외모는 솔직히 평범했습니다. 꾸미기에 따라서 20대 후반에서 40대 후반까지 보일 수 있는, 특출난 건 없는 외모였지요.

그런데 그거 아십니까? 평범함이야말로 가장 훌륭한 무기가 될 수 있다는 것을.

김 여사는 어떤 자리에도 쉽게 섞여 들어가서 정보를 빼왔습니다. 인간은 비범하거나 특이한 걸 보면 경계하지만, 평범함을 보고는 경계하지 않으니까요. 김 여사처럼 평범함을 톡톡히 활용한 이도 없을 겁니다. 고위 공무원이나 군인, 국회의원이 흘린 고급 정보를 활용해, 곧 가치가 오를 땅을 매입해 나중에 비싸게 파는 게 김 여사의 일이었습니다. 땅 투기를 일이라고 하는 게 이상하게 들릴지도 모르겠군요. 하지만 김 여사가 그걸로 톡톡히 수익을 냈으니 직업이라고 말해도 무방할 것 같습니다.

평범함만이 김 여사의 무기는 아니었습니다. 김 여사는 자기에게 필요한 인물을 빠르게 골라 그 옆에 붙었습니다. 그녀에게는 멍청이와 실속 있는 자, 멍청해도 쓸 만한 자를 감별하는 눈이 있었던 겁니다. 그 눈이야말로 그녀의 진정한 무기였지요.

1987년 초, 김 여사를 처음 만났습니다. 나는 경찰에서 갓 퇴직했다고 소개했고, 김 여사는 나를 시험해본 뒤 내 안목이 자기 못지않다고 평가하더군요. 그 뒤로 김 여사는 내 판단을 전적으로 따랐습니다. 누군가를 신뢰하는 것 또한 능력입니다. 믿음의 대상이 악마라 해도요. 물론 김 여사는 내가 악마인 줄 전혀 몰랐지만요.

김 여사는 돈을 악착같이 모았습니다. 언젠가 내게 이렇게 말했던 기억이 나는군요.

"각하도 군대로 나라를 먹었지만, 재벌 회장들 불러서 돈 뜯어내요. 나중에 YS나 DJ가 대통령이 되어도 똑같은 일을 하겠지요. 결국 가장 중요한 건 돈이잖아요? 군인들이 나라를 주무르든 정치인이 나라를 다스리든, 결국 돈만은 절대로 변함없으니까요. 그러니 민주화 외치는 사람들과 전두환 각하 쪽 사람들과 두루두루 잘 지내야죠. 어느 쪽이 내게 땅 정보를 줄지는 모르니까요."

당당하게 제 욕심을 말하는 뻔뻔함에 솔직히 감탄했습니다.

당시 김 여사는 부산의 땅을 물색 중이었는데 그중에는 황 노인의 땅도 있었습니다. 나라에서 산을 깎아서 터널을 뚫고 도로를 새로 놓을 거라는 정보를 들었던 겁니다. 김 여사가 황씨의 설명회에 참석하고 부산까지 내려온 것도 실은 땅 주인의 됨됨이를 살펴 욕심껏 휘둘러보려는 목적에서였습니다. 폐광 이야기는 시큰둥하게 들렸지만, 황 노인에게 말려 따라가게 되었을 뿐이지요.

아무튼 그렇게 우리는 악마의 입을 닮은 폐광 안에 발을 들여놓게 되었던 겁니다.

우리 넷은 악마의 내장 안을 걸어 들어갔습니다.

비유가 너무 심하다고요? 틀린 말은 아니잖습니까? 동굴 입구가 악마의 입이라면 그 안은 악마의 뱃속이잖습니까?

갱도 안을 어떻게 설명하는 게 좋을까요? 좁고 습한 지하실이 그나마 비슷하겠군요. 젖은 콘크리트와 시멘트 냄새 대신 돌과 구리 녹슨 냄새가 차 있고, 벽면은 울퉁불퉁 제멋대로 깎인 데다가, 몸 하나 겨우 움직일 만한 좁은 통로가 구불구불하게 끝없이 뻗어 있는 게 다르지만요. 그런 곳을 걷다 보면 감각이 무뎌집니다. 시간이 어떻게 흘러가는지조차 모르지요. 낯선 환경에 신경을 곤두세우다 보니 빠르게 지치게 되고요.

랜턴 불빛에 언뜻 드러나는 돌벽에는 푸른 녹 자국이 길게 드리워져 있었습니다. 녹이 잔뜩 슨 쇠기둥이나 썩어 흔적만 남은 나무 지지대 따위도 보였습니다. 걷는 이의 불안을 고조시키는 광경이었습니다.

폐광은 소란스러웠습니다. 앞서 걷는 황 노인의 걸음은 느리고 조심스러웠습니다. 하지만 발소리는 동굴 벽에 반사되어 시끄럽게 울렸고, 뒤따르는 우리 발소리도 뒤죽박죽 섞여 귀를 어지럽혔습니다. 가장 뒤에 선 황씨가 잔기침을 하기도 했고요. 평소라면 불만을 중얼거렸을 김 여사도 어둠 안에서는 그저 가쁜 숨소리만 내더군요. 힘들어서였는지 두려워서였는지는 모르겠습니다.

무질서한 시끄러움은 고요함보다도 섬뜩합니다. 바깥의 난폭한 비바람과 천둥소리조차 폐광 안의 소음과 비교하면 정갈하고 세련된 음악 같았습니다.

황씨가 웅얼거렸습니다.

"아부지, 얼른 보고 나가입시더. 이라다 혹시라도 태풍 오면 우얍니꺼? 또 산사태라도 나쁘면 여 갇힐지도 모릅니더."

"니는 와 걱정부터 해쌌노?"

쩌렁쩌렁한 외침이 온 동굴을 울렸습니다.

"기상청에서 안 그라드나. 태풍이 절대로 우리나라로는 안 온다꼬! 니는 와 나라에서 하는 말을 못 믿노? 생각 쫌 하고 살아라. 절대로, 절대로 그란 일이 일어날 리가 없다!"

황 노인의 목소리는 바깥에서보다 더욱 컸습니다. 불빛이 마구 흔들렸고 지팡이가 둔탁하고 묵직한 소리를 크게 냈습니다. 사실 황씨가 재촉한 것도 그럴 만했습니다. 고압적인 태도에 비해 황 노인의 걸음은 주저하는 것만 같았으니까요.

"절대로 일어날 리 없다고 말하면 꼭 그 일이 일어나던데."

김 여사가 중얼거리는 소리가 들렸습니다. 하지만 황 노인은 무슨 말을 해도 멈추지 않을 것처럼 계속 걸었습니다. 물론 그가 주도권과 함께 랜턴까지 혼자 틀어쥐고 있어서이기도 했지만요.

10여 분을 걷자 돌연 트인 공간이 나왔습니다.

네 명이 양팔 벌리고 설 정도밖에 되지 않는 좁은 곳이었지만 그것만으로도 마음이 놓였습니다. 나지막한 갱도를 어정쩡한 자세로 걷다가 높다란 천장이 나오자 비로소 허리를 펼 수 있었거든요. 주위를 살피며 나는 중얼거렸습니다.

"여기가 끝입니까?"

저편으로 뻗은 굴에 돌무더기가 한가득 쌓인 게 보였습니다. 김 여사도 통로를 막은 돌무더기를 보며 고개를 갸웃거렸습니다.

"여가 옛날에 인부들 쉬라꼬 만들어놓은 곳일 낍니더. 여서 쪼매 쉬다가 다시 갱도로 들어가 작업했을 거라."

황 노인의 목소리가 긴장으로 떨렸고, 그 말 따라 불빛도 흔들렸습니다. 하지만 랜턴은 돌무더기 쪽을 쉽사리 비추지 않더군요. 이어진 말로 이유를 알 수 있었습니다.

"그란데 두 분, 참말로 여 뒤질 돈 갖고 있는 게 맞십니꺼? 내가 여까지 힘들이가 이래 모시 왔는데, 실컷 보이줄 것만 다 비주고 투자는 하나도 못 받으믄 마 곤란합니데이."

"돈이야 있지요. 아직은 투자할 생각이 들지 않지만요."

김 여사의 목소리가 높아졌습니다.

"종이에도 굴이 있다는 내용만 적혀 있었고, 금이 어디에 얼마나 있다는 건 명확히 적혀 있지 않았어요. 그런데 그것만으로 돈을 쏠 수가 있겠어요? 이 굴 안에 확실히 금이 숨겨져 있다는 걸 알아야 돈을 쏠 수 있지요."

상대방이 하자는 대로 따라가는 척하다가, 결정적인 순간에 반대하는 수법이었습니다. 만약 이야기가 사실이라면 이익은 이익대로 보면서 주도권 또한 놓으면 안 되었지요. 황씨 부자가 다른 투자자를 찾을 가능성은 무척 낮으니 결국 자기에게 매달릴 수밖에 없다고, 김 여사는 그렇게 생각한 겁니다.

"김 여사님 말씀에 차성하는 바입니다."

나도 얼른 말했습니다.

"이분들 말이 맞심더. 두 분도 여까지 오느라 큰맘 먹으있는데…. 내도 여 금 있다는 증거를 봐야 되겠십니더. 아부지가 내한테는 와 말 안 했는가 몰라도…."

황씨의 목소리에 서운함이 묻어 있었습니다. 서울에서 귀한 투자자를 데려왔는데도, 어느 순간부터 들러리 취급만 받을 뿐이니 당연했습니다.

"참말로, 니는 우예 이래 어리석노."

황 노인이 혀 차는 날선 소리가 동굴 벽을 울렸습니다. 동굴에 들어온 뒤로 황 노인의 반응은 무척 신경질적이었습니다.

"그라니까, 증거 말이제?"

잠시 침묵이 흘렀습니다. 바닥을 향한 랜턴 불빛이 두서없이 흔들렸습니다. 뭔가를 생각하던 황 노인이 결국 침묵을 깼습니다.

"저 돌무더기 너머에 분명 금이 숨카지가 있을 낍니더. 엊그제 내가 여 와가꼬 저 너머에 뭐가 있을라나 하고 쓱 봤는데, 무디기 아래에 뭐가 있는 게 보이더라고예."

황 노인이 갱도의 끝, 돌무더기 쌓인 곳을 지팡이로 가리켰습니다.

"저 아래, 저짝 틈을 잘 보이소. 거기 뭐가 반짝거리는 게 보입니더. 얼굴 비스무리한 것도 보이는 거 같던데, 금 불상인가 싶더라고예. 내가 을매나 놀랬는지 모릅니더."

"금 불상이요? 설마, 정말로 금이?"

김 여사가 중얼거렸습니다.

불빛이 드디어 돌무더기를 향했습니다. 김 여사가 빛이 비추는 곳을 향해 서둘러 가더군요. 황 노인이 황씨를 손짓으로 부르는 걸 보며 나도 김 여사 뒤를 따라갔습니다.

몸을 웅크리고 돌무더기 틈새를 응시했습니다. 어둠만 가득해서 뭐가 보일 리 없었고, 내 옆에 쪼그려 앉은 김 여사 몸에서 피어나는 화장품 냄새만 자욱했습니다.

"랜턴을 빌려주시겠습니까? 자세히 살펴보려면 불빛이 필요…."

순간 뒤통수에 아찔한 충격이 느껴졌습니다.

지팡이에 맞았구나.

김 여사의 비명을 들으며 그렇게 생각했어요.

5

 눈을 떴을 때는 여전히 폐광 안이었습니다. 몸을 움직이려 했지만 쉽지 않았습니다. 손이 뒤로 묶여 있었습니다.
 "일어났나?"
 강박적으로 돌바닥을 탁, 탁, 치는 지팡이 소리와 함께 황 노인의 목소리가 들렸습니다. 옆에서 김 여사가 훌쩍거리고 있었습니다. 흥분을 가라앉히지 못한 황씨의 거친 숨소리도 멀찍이서 들렸습니다.
 상반신을 일으켜 세워 겨우 돌벽에 등을 기댈 수 있었습니다. 온몸이 축축했습니다. 습한 바닥에 쓰러졌으니 젖지 않는 게 오히려 이상했지요. 내 옆에 내팽개쳐진 김 여사도 나처럼 포박당한 듯했습니다. 노인이 챙겨온 밧줄이 그런 식으로 쓰이고 있었습니다.
 황 노인과 황씨가 우리를 내려다보고 있었어요. 흥분으로 상기된 황 노인의 얼굴에 공손함은 전혀 없었고, 말투 또한 그러했습니다.
 "느그가 그래 돈 많다매? 내가 돈이 필요해가 그라는데, 느그는 내한테 얼마 줄 수 있노?"
 손에 들린 쇠지팡이가 황씨 손에 들린 랜턴 빛을 받

아 위협적으로 번뜩이더군요. 그걸로 내 뒤통수를 내려친 거였겠지요.

늙은이, 아직도 힘은 좋군.

나는 속으로 투덜거렸습니다. 겉으로는 일부러 힘들여 짜내는 것처럼 말했지만요.

"대체 왜 이러시는 겁니까?"

"와 이라기는? 내가 돈이 필요해가 그라지."

김 여사가 울먹거렸습니다.

"황 선생님, 어르신, 우리가 금 찾는 돈 전부 대드릴게요, 꼭이요. 그러니까 내보내주세요, 제발…."

황 노인이 말을 끊었습니다.

"사람은 말이다, 계약서 딱 써가 거따 지장까지 찍어도 믿을지 말지는 그때 돼봐야 아는 기다. 느그도 여오믄서 내한테 안 그랬나, 증거 보이달라꼬. 내도 꼴랑 느그 말만 믿고 우째 내보낼 수 있겠노?"

"써달라는 건 다 써드릴게요. 살려만 주시면 뭐든 할게요, 네?"

"뭐든 다 한다꼬?"

황 노인이 대체 뭘 요구할지 궁금해졌습니다. 음흉한 늙은이라면 김 여사에게 추잡한 짓을 원해도 이상하지 않았고, 김 여사는 어떤 요구에도 따를 게 분명했으니까요.

노인은 철두철미했습니다. 제 일이 욕망보다 먼저였지요. 허리춤에 찬 가방을 열어 몇 번인가 접힌 종이를 꺼내며 그가 말했습니다.

"내가 뭐 좀 적어왔으니까, 일단 여따 느그 지장 찍어놓고 이야기해보자."

그 짧은 시간에 서류까지 준비해왔을 줄이야!

진심으로 감탄했습니다. 그런 내색을 드러내지 않으려 애썼지만요.

그때였습니다. 갑자기 땅이 흔들린 것은.

맹렬한 진동과 함께 멀리서 쿵, 소리가 연이어 들렸습니다. 휘청거리는 황씨를 따라 랜턴 불빛이 어지러이 흔들렸습니다. 갱도 천장에서 돌가루인지 먼지인지 모를 것이 후드득, 맹렬하게 떨어졌습니다. 김 여사가 비명을 질렀습니다. 아니, 거기 있던 인간 모두 비명을 질렀어요. 황 노인도 입에서 신음을 길게 흘리며, 지팡이에 의지해 흔들리는 몸을 지탱했습니다.

나 또한 혼란스럽긴 마찬가지였습니다. 갑자기 밖에서 무슨 일이 벌어진 건지, 앞으로 어떻게 하면 좋을지 얼른 생각해야 했으니까요.

진동은 곧 멎고 굉음도 따라 멎었습니다. 곧 무너

질 것처럼 보이던 갱도는 다시 고요함을 되찾았습니다.

"갑자기 뭔 일이고?"

떨리는 목소리로 중얼거리던 황 노인이 바닥을 보고 혀를 찼습니다. 갑작스러운 난리에 그가 들고 있던 종이가 떨어져 흠뻑 젖었던 겁니다. 황 노인이 황씨에게 손짓했습니다.

"니는 임마들 단디 보고 있어라. 내는 집에 가가 새로 만들어올 거니까."

황 노인은 품에서 작은 손전등을 꺼내 갱도 저편으로 급히 가버렸습니다. 조명까지 하나 더 챙겨온 걸 보고 다시금 감탄했습니다. 발소리가 멀어지는 걸 듣다가 김 여사를 보았습니다. 훌쩍이는 그녀의 눈에 아주 잠깐 기묘한 빛이 스쳤습니다. 희망을 본 인간의 눈에 나타나는 빛이었지요.

"황 선생님, 저 내보내주시면 안 돼요? 사실대로 말씀드릴게요. 저는 이리로 도로가 난다는 정보를 듣고 땅 보러 온 것뿐이에요. 그래서 주인을 만나서 여기 땅을 미리 사려고 한 거고요. 저희 이대로 내보내주시면, 땅을 비싸게 팔아드릴게요. 그런데 이 땅, 아직 선생님 거는 아니지요? 이제 곧 나라에서 매입을 시작할 텐데, 땅 판 돈은 전부 어르신 게 되는 거지요? 하지만 그 돈을 당장 선생님 것으로 쥘 방법이 있잖아요?"

황씨가 당황했다는 건 랜턴의 흔들림으로 알 수 있었습니다.

"무슨 말을 하는…."

"저는요, 여기서 나갈 수만 있다면 다른 건 아무것도 바라지 않아요. 선생님이 땅 파실 때 더 비싸게 팔 수 있도록 도와드릴게요. 선생님의 땅이라면 당연히 그렇게 해드려야 하고말고요! 하지만 선생님 소유가 아닌 땅까지 그렇게 할 수는 없잖아요?"

속으로 감탄사를 흘렸습니다. 김 여사의 말 속에 담긴 향긋한 썩은 내가 감미로웠어요. 황씨가 만만하다고 판단한 김 여사가 은근한 말로 그가 '어떤 행동'을 하도록 부추기고 있었으니까요. 훌쩍이는 것 또한 황씨에게 동정을 사려는 계산된 행동이었습니다.

황씨가 더듬거렸습니다.

"나, 나는 여기 숨겨진 금만 찾으면 됩니다. 그게 전부입니다. 아버지도 여기서 금 찾으려고 노력하셨으니, 나도 그 노력을 이어받아서 국가와 민족을 위해…."

"이상하지 않나요? 어르신이 왜 마 선생님을 공격하고 저희를 이렇게 묶었을까요? 아무리 생각해도 이건 그저 강도짓일 뿐이잖아요? 어르신 혼자만 진실을 알고 있어서 이런 일을 저지른 거 아니겠어요?"

"진실이라니?"

"금이 여기 없다는 진실! 어르신은 그걸 아니까 여길 조사하지 못하게 한 거고, 우리가 계속 궁금해하며 여기까지 따라오니까 우리를 가두려 한 거예요!"

김 여사가 단호하게 말했습니다.

"하지만 종이가 있었다 아인교!"

황씨가 비명 지르듯 소리쳤지요. 억지로 입에 올리던 서울말도 사라졌습니다.

"거 적힌 글, 여사님도 봤다 아인교! 분명히 금 숨카놓은 데를 적은 기란 말입니더! 틀림없어예! 여 숨카지가 있는 금만 찾아내믄, 내는 부유해지고 유명해지고 인정받고…."

황씨의 눈빛이 광기로 번득였습니다.

악마로서 이렇게 말하기 우습지만, 황씨는 선량한 인간이었습니다. 자신이 믿는 것만 계속 볼 뿐인 어리석음이 꼬여 있었을 뿐이었지요.

황 노인의 늦둥이로 태어난 외아들 황씨는 귀여움을 받으며 자랐습니다. 어릴 적 총명한 모습을 보였기에 모두 그가 큰 인물이 될 거라고 기대했지요. 하지만 그의 총명함은 명문대 갈 만큼은 되지 못했고, 겨우 결혼해서 아들 하나 낳고 변변찮은 직장에 들어가 푼돈이나 벌 정도였습니다. 쉽게 남을 믿고 보증을 섰다가 재산을 몽땅 날렸고, 큰 실수를 저질러 직장에서도 쫓겨나고, 결국 이혼까지 당하고 말았습니다. 그 시대에, 직장에서 쫓겨나고 이혼까지 당했다는 건 형편없는 인간이라는 낙인이나 마찬가지였습니다.

황씨의 외동아들조차 비교 대상이었습니다. 어렵고 힘든 집안 환경에서도 전교 1등을 곧잘 하는 황씨 아들을 두고 주변에서는 서울대를 갈 거라고 공공연히 말했습니다. '잘난 아들을 둔 못난 아비'라는 말을 서슴없이 했고요.

그런 자가 금을 숨겨둔 곳이 적혀 있는 종이를 발견한 겁니다. 눈이 돌아간 건 당연했지요. 금 발굴은 자신이 어리석지 않다는 걸 보여줄 기회였습니다. 황씨는 없는 돈을 들여 사업 설명회도 열고, 서울에서 귀한 투자자들도 모셔왔습니다. 자신을 증명할 기회가 곧 다가온다고 여긴 순간 아버지가 느닷없이 손님들을 습격했으니, 혼란스러울 수밖에 없었습니다.

하지만 김 여사에게 황씨는 좋은 먹잇감일 뿐이었습니다. 김 여사도 절박했어요. 사람 보는 눈이 있다던 이가, 경계하지 않았던 황 노인에게 갑자기 습격당하고 협박까지 받는 지경이 되었으니까요. 물론 내가 눈을 흐린 탓도 있어요. 인간을 판별하는 눈으로 악마를 판단하려 들면 눈이 머는 게 당연하잖아요? 그걸 알 리 없는 김 여사는 실책을 만회하려고 황씨를 회유하기로 한 겁니다.

"선생님의 간절함을 저도 잘 알아요. 선생님이 진실하게 말씀하셨기 때문에 우리가 여기까지 온 거잖아요? 악랄하게 조작된 증거들을 보고 여기 금이 있다고 판단한 것도 어쩔 수 없는 일이에요. 그건 선생님 잘못이 아니지요. 나쁜 건 오로지, 가짜 증거를 이용해 우리를 속이려 든 어르신이에요."

김 여사는 의도적으로 황씨의 열등감을 건드렸습니다. 그때까지 믿었던 게 잘못되었다고 부추겨, 황씨가 자신을 속인 황 노인에게 분노를 풀도록 하려는 생각이었습니다. 잠깐 만난 것만으로도 김 여사는 황씨라는 인간의 본질을 파악했던 겁니다.

"그런데 생각해보세요. 어르신이 우리만 속였나요? 선생님도 피해자잖아요. 게다가 어르신이 선생님을 속인 게 이것 하나뿐일까요?"

김 여사의 목소리 속 영혼의 향기로운 썩은 내가 화장품 냄새와 섞여 기묘한 향을 풍기더군요. 혼란스러워하는 황씨 앞에서 김 여사가 몸까지 흐느적거렸습니다.

"선생님이 우리를 여기 데려오신 건 행운이에요. 그렇지 않았다면 평생 자신을 무능력한 사람이라고 여겼겠지요. 어르신은 여태 계속 선생님의 판단을 부정했어요. 손님인 우리가 보는 앞에서도 깔아뭉개려 했잖아요? 선생님을 자기 마음대로 이용하려고 그랬던 거지요. 하지만 이제 시대가 바뀌었어요. 사람들이 더는 억압을 참지 않는 시대가 왔어요. 제 목소리 내고 억압한 자를 몰아내는 시대라고요! 그러니…."

김 여사의 말은 뱀처럼 집요했습니다. 황씨의 마음속 어둠이 커지며 마구 일렁이는 게 보였습니다. 황씨가 노인을 공격하는 흐름이 만들어지고 있었습니다. 인간의 열등감이 강렬하게, 파괴적으로 폭발하는 순간을 향해.

장담하건대, 김 여사가 한마디만 더 할 수 있었다면 뒷일은 다르게 흘러갔을 겁니다. 하지만 그때 다급한 발소리가 울리는가 싶더니 황 노인이 불쑥 나타났습니다.

"크, 크, 큰일 났다! 입구가, 입구가 무너졌다!"
"네?"
"산사태다! 우리, 여 갇히뺐다!"

새하얗게 질린 황 노인의 얼굴이 랜턴 불빛을 받아 요동쳤습니다.

우리가 갱도에 들어간 날이 1987년 7월 15일이었다고 했지요? 그때 한반도를 지나간 태풍이 있었습니다. 태풍 셀마가 한반도 전역을 할퀴면서, 우리가 있던 산에도 산사태를 일으켰습니다.

김 여사의 말이 맞았어요. 운명은 심술궂기에, 누군가 절대로 일어날 리 없다고 말하면 꼭 그 일이 일어나게 만듭니다. 갱도 입구를 드러낸 산사태가 이번에는 입구를 도로 막았던 거지요.

왜 이야기를 끊습니까?

황 노인의 말로는 기상청에서 태풍이 한반도를 지나지 않는다고 예보했다던데, 태풍이 휩쓸었다는 게 거짓말이라고요? 태풍의 경로가 그리 갑자기 바뀔 리 없다고요?

기상청이 거짓말한 겁니다.

당시 다른 나라의 기상관측소는 태풍 셀마가 한반도를 통과한다고 예측했지만, 이 나라 기상청만 한반도를 비켜 간다고 했습니다. 그리고 태풍은 한반도를 콰

통했습니다. 기상청이 보기 좋게 틀렸던 거지요.

그런데도 기상청에서는 셀마가 스쳐 지나갔다고 거짓말했습니다. 인명과 재산 피해가 너무 큰 걸 이상하게 여긴 언론에서 집요하게 취재한 뒤에야 거짓말임이 드러났습니다. 하지만 너무 늦게 밝혀진 거짓은 때로는 밝혀지지 않은 거나 마찬가지입니다. 그때 자기 머리 위로 태풍이 지나갔다는 걸 모르는 이들이 아직도 수두룩하니까요.

기상청은 국가 기관인데 어떻게 거짓말을 할 수 있냐고요? 하지만 당신도 알잖아요? 나라가 국민에게 늘 거짓말하는 것을.

위스키가 맛있군요. 맛있는 술, 재미있는 이야기, 탐스러운 영혼! 좋은 것들이 어우러진 시간은 참으로 즐겁습니다.

갱도에 갇힌 모두의 표정이 기억납니다. 넋이 나간 황 노인과 아무 말 하지 못하는 김 여사의 얼굴이 계속 흔들려 보였습니다. 랜턴을 쥔 채 온몸을 덜덜 떠는 황씨 때문이었지요.

"…여기서 어떻게 나가요?"

결국 김 여사가 나지막하게 물었습니다. 소리의 떨림이 갱도를 울렸지만, 잔향이 끝날 때까지 대답은 없었습니다. 이어진 침묵을 황씨가 겨우 깼습니다.

"어, 어무이가 경찰에 신고할 낍니더. 우리 어데 갔는가 신고하믄 금방 나갈 수 있을⋯."

"그 여편네, 여 이런 데가 있는 것도 모른다!"

황씨의 희망 섞인 말을 황 노인이 끊어버렸습니다. 초조히 이마를 마구 문지르던 황 노인이 외쳤습니다.

"느그들! 여 온다꼬 아는 사람들 있을 거 아이가! 가족이라거나, 부하라거나!"

"여기 오는 건 나와 마 선생님만 아는 일이에요. 황 선생님이 워낙 서둘러서 다른 사람에게 귀띔할 틈도 없었어요!"

김 여사가 소리쳤습니다. 악을 쓰는 것처럼, 울음을 터트리는 것처럼.

그 뒤 헛수고가 이어졌습니다. 입구에 가서 돌을 치워본다거나, 바깥으로 소리를 질러본다거나 하는 등의 짓거리 말입니다. 물론 소용없었습니다. 인간의 힘으로 빠져나갈 방법이 없다는 것만 확인했을 뿐이지요.

어지러이 요동치던 랜턴 불빛이 결국 우뚝 멈췄습니다.

갱도에 갇힌 인간들의 얼굴에 빛과 그림자가 스쳐 지나갔습니다.

냄새가 풍겼습니다. 동굴의 습한 돌 냄새와 인간의 몸에서 나온 땀과 오물 냄새. 그사이 오랜만에 맡아본 향기가 섞였습니다. 평온한 삶에서 급작스레 떠밀려 죽음의 경계에 선 인간의 영혼이 내뿜는 절박한 내음이었지요. 애매모호한 이 냄새는 타락하는 썩은 내로도, 고결한 악취로도 변할 수 있었습니다. 나는 인간 영혼이 풍기는 냄새를 즐거이 음미했습니다. 갑작스레 벌어진 산사태로 어떤 결말을 낼 수 있을지를 계산하면서.

"재미있는 구경, 잘했습니다."

침묵을 몰아내고 내 말이 동굴을 채웠습니다.

웃음이 새어 나오는 걸 참았습니다. 드디어 나의 시간이 시작되었으니까요.

6

"니, 뭐라 캤노?"

황 노인이 되물었습니다. 노인이 작은 손전등을 내게 겨누자 밝은 빛이 눈을 쏘듯이 비추더군요. 나는 눈

부신 티조차 내지 않고 웃어 보였습니다.

"구경 잘했다고 했습니다. 여길 빠져나갈 수 없다는 걸 확인하느라 당신들이 헛수고하는 걸 즐겁게 봤으니까요. 이제 다들 죽을 때만 기다리는 처지가 된 거잖아요?"

"미친 새끼가!"

황 노인은 씩씩거리며 지팡이를 치켜들었습니다. 하지만 그는 나를 때리지 못했습니다. 그전에 내가 지팡이를 붙들었거든요.

놀라 주춤하는 순간을 놓치지 않고 지팡이를 힘껏 낚아챘습니다. 황 노인이 나동그라졌고, 지팡이는 너무나 손쉽게 내 손에 쥐어졌지요. 갱도 바닥에 쓰러진 노인과 눈을 크게 뜬 채로 가쁜 숨만 뱉는 황씨와 입을 벌린 채로 말을 잊고 만 김 여사를 흘끗 보며, 나는 자리에서 일어났습니다.

"나를 묶어놨다고 안심했던 겁니까? 허술하군요."

지팡이를 까딱거려 보이자 묵직한 그림자가 불빛을 받아 크게 흔들렸습니다. 최면에 걸린 것처럼 모두가 나를 멍하니 쳐다보았습니다.

가장 빠르게 움직인 건 황 노인이었습니다.

"아, 아이고, 진정하이소. 거, 마 선생이 오해하고

있는 기…."

"오해? 대체 뭘 말입니까? 당신은 이걸로 내 머리를 내려치고, 묶고, 협박했습니다. 거기에 무슨 오해할 게 있지요?"

황 노인이 옆을 흘끔거리며 더듬거렸습니다.

"그게 아입니더. 우리 아가 거 뭐꼬, 그라니까, 그게…."

두서없는 중얼거림이 이어졌지만 아무도 꼼짝하지 않았습니다. 황 노인이 문득 눈을 희번덕인 채 소리쳤습니다.

"야, 이 문디 자슥아! 와 안 뎀비드노!"

"아부지?"

갑작스레 꾸지람을 듣고 황씨가 눈을 크게 뜨더군요.

노인은 자기가 시선을 끄는 사이 황씨가 내게 덤벼들길 바랐던 겁니다. 2 대 1이 되면 지팡이를 빼앗을 수 있다는, 머리 좋은 악당이 할 법한 생각이었지요. 물론 어설픈 수작이 통할 리 없었습니다. 나는 전혀 방심하지 않았고, 황씨가 덤벼들었어도 제압하는 건 아무 문제 없었을 테니까요.

축축하게 젖은 돌벽에 푸른 녹이 번개무늬처럼 내

리그어져 비현실적인 모습을 그렸습니다. 그 아래 황 노인과 황씨, 김 여사가 나를 올려다보았습니다. 고대의 악신을 모시는 제단에 영문도 모른 채 바쳐진 제물들 같았지요. 입맛 다시고 싶은 걸 꾹 참아야 했습니다.

"마 선생님, 마 선생님! 살려주세요!"

김 여사가 손이 뒤로 묶인 채 구르듯 기어와서 내게 달라붙으려 하더군요. 나는 지팡이로 가까이 오지 못하게 위협했습니다.

"움직이지 말아요. 피를 봐야 정신 차릴 겁니까?"

"갑자기 왜 이러세요? 마 선생님은 내 편이잖아요! 나는 피해자인데…."

"나는 누구 편도 아닙니다. 피해자라고요? 하! 이 갱도가 삼킨 건 죄지은 인간뿐입니다. 어디서부터 이야기할까요? 그렇지, 내가 여기 들어오기 전, 정확히는 서울에서부터 금 이야기가 사실이 아니란 걸 알아차렸다는 것부터 말해보지요."

황씨를 지팡이로 가리키자 그가 질겁해 물러나려 하더군요. 암벽에 더 물러날 곳이 있을 리 없었습니다. 등이 돌과 부딪치는 둔탁한 소리를 들으며 말을 이었습니다.

"당신이 보여준 사진 말인데, 그걸 진짜라고 믿었다

는 것부터 한심했습니다. 공부를 좀 했거나 문학적 소양이 있다면 어디서 본 것 같다는 위화감을 느꼈을 텐데요. 그거, 〈금 따는 콩밭〉의 첫머리입니다."

"…네?"

"김유정의 소설 말입니다. 종이에 갱도를 파던 인부가 일기를 쓴 게 아니라, 누군가 소설을 베껴 쓴 거였다고요."

황씨가 입을 뻐끔거리더군요. 하지만 아무런 말도 새어 나오지 않았습니다.

"그따위를 증거랍시고 내밀길래 사기꾼인가 싶었지요. 당신은 그 종이가 진짜라고 믿었지만 그건 최근에 만들어진 것 같지도 않았습니다. 대체 어찌 된 일인지 궁금해지는 것도 당연하지 않습니까? 그런데 부산까지 힘들게 내려와 보니, 다른 종이에도 김유정의 소설 문장이 보이더군요. 그건 〈노다지〉에서 가져왔을 겁니다."

김 여사의 얼굴을 보고 싶은 충동을 꾹 억눌렀습니다. 김 여사는 늘 문학적 소양을 자랑했는데, 그런 인간이 '문학적' 사기를 알아차리지 못했던 거잖아요? 김 여사의 얼굴에 부끄러움이나 분노가 떠올라 있을지 궁금했어요.

시간을 낭비하는 대신, 나는 황 노인을 보았습니다.

"당신도 무척 이상했어요. 손님 앞에서 아들의 어리석음을 꾸짖던 인간이, 우리가 무엇을 보고 왔는지를 알자 태도가 달라져서 비위를 맞추려 들었던 겁니다. 대체 왜일까요? 그 잠깐 사이 우리를 이리로 유인한 뒤 가둬놓고 협박해서 돈을 뜯어낼 생각을 떠올린 거겠지요. 대단해요. 그런데 이런 일이 처음은 아닌 것 같단 말입니다."

대놓고 빈정거렸지만 황 노인은 나를 노려볼 뿐, 꼼짝도 하지 않았습니다.

"여기로 우리를 데려온 뒤 금 불상이라는 거짓말로 주의를 돌리고 나서, 당신은 나를 내려쳤어요. 나를 제압하는 건 그렇게 끝났습니다. 어리석은 아들의 도움 따윈 빌릴 필요도 없이."

당혹스러운 얼굴로 나와 황 노인을 번갈아 보는 황씨를 나는 지팡이로 가리켰습니다.

"당신은 아버지의 갑작스러운 행동에 놀랐어요. 하지만 순순히 공범이 되었습니다."

"공범이라니…."

"내가 공격받았을 때 당신은 아버지를 말릴 수도 있었을 겁니다. 그런데 그러기는커녕, 오히려 나와 김 여사를 묶었잖아요? 내가 습격당했을 때 아버지가 무기와 조명을 들고 있었지요. 그때 손이 빈 건 당신뿐이었습니다. 아버지가 우리를 묶으라고 명령해서 그대로 따른 거잖아요? 그런데도 공범이 아니란 겁니까?"

"그, 그건…."

"왜 그랬는지도 잘 압니다. 당신은 여태 아버지 그늘에서 벗어나지 못한 인간이잖아요. 하라는 대로 하고, 반항조차 하지 못하는 한심한 인간. 보증으로 빚더미에 오르고 해고당한 뒤 아버지에게 손 벌려야만 살 수 있는 무능한 존재."

황씨는 입만 벙긋거릴 뿐이었습니다.

"지금 그게 중요해요? 그딴 걸 밝혀봤자 무슨 소용이 있어요? 여기 갇힌 채로 아무것도 할 수 없잖아요!"

김 여사가 분노를 터트렸습니다.

"인간이라면 아무것도 할 수 없겠죠. 입구를 막은 돌이 치워지길 기다리거나 새로운 통로를 찾거나, 그러다가 굶어 죽거나 저체온으로 죽겠지요. 혹은 낙석으로 죽을지도 모르고요."

"그걸 아는 사람이, 왜 아무렇지 않은 척…."

"아무렇지 않으니까요. 나는 인간이 아니거든요. 인간 따위와는 비교할 수조차 없는 존재란 말입니다."

모두를 보며 나는 즐겁게 말했습니다.

"나는 악마입니다."

"니, 돌았나?"

황 노인이 말했습니다. 나는 웃음을 터트렸습니다.

"내가 거짓말하는 걸로 보입니까?"

내가 품 안에서 꺼낸 걸 본 모두의 얼굴에 경악이 떠올랐어요. 황씨가 더듬거렸습니다.

"그거, 분명 아버지 종이…."

"맞습니다. 사기꾼이 사기를 치려고 가짜로 만든 물건이지요."

종이를 팔랑팔랑 흔들며 나는 더 크게 웃었습니다.

"왜 이걸 가지고 있냐고 묻지 마세요. 나는 악마라고 했지요? 먼 곳에 있는 종이를 순식간에 가져오는 일 따위는 식은 죽 먹기라고요."

사실 갱도에 들어올 때 어수선한 틈을 타 황 노인의 주머니에 있던 종이를 슬쩍한 것이지만, 그 가능성을 떠올리는 이는 아무도 없었습니다.

"물론 반대도 가능합니다. 입구가 산사태로 무너졌다? 문제 될 게 없어요. 눈 깜박할 새 내 몸을 바깥으로 옮길 수 있으니까요. 내 몸뚱이뿐만이 아니지요. 내가 원하는 것도, 심지어 인간도 그렇게 할 수 있거든요."

"마 선생님, 마 선생님!"

김 여사가 버둥거리며 내게 달라붙으려 했습니다. 물에 젖은 파마머리가 얼굴에 붙어 참으로 볼품없는 꼴이었어요. 화장품 냄새와 오물 냄새를 풍기며 김 여사가 외쳤습니다.

"날 내보내줘요! 난 여기서 죽을 수 없어요! 바깥에 아직 내 땅이, 내 돈이 있다고요! 그걸 놔두고 죽을 수는 없다고요!"

그렇게 악마의 존재를 믿는 자가 생겼습니다. 일단 하나가 생기면 나머지 인간에게 번지는 건 순식간입니다. 믿음은 도미노처럼 줄줄이 이어지니까요. 나는 김 여사를 내려다보며 차갑게 말했습니다.

"뭘 바칠 겁니까?"

"네?"

"모른 척하지 말아요. 악마에게 소원을 빌었다면 대가를 바쳐야 합니다. 이 안에서 헛되이 죽게 될 목숨을 악마의 힘을 빌려서라도 살아야 한다는 거잖아요? 그러면 악마에게 무언가를 내놔야지요. 뭘 당신 목숨과

바꿀지 제시해보란 말입니다."

한 박자 쉬고 말을 이었습니다.

"가령, 돈은 어떻습니까?"

"1억 드릴게요! 1억! 나가자마자 당장 은행에서 찾아 드릴 테니…."

"당신 목숨 값이 1억? 싸구려로군요."

김 여사가 급히 외쳤습니다.

"5억! 5억이요! 아니, 10억 드릴게요! 가진 땅 다 팔아서라도 10억을 드릴게요!"

1987년에 10억이면 엄청 큰 돈입니다. 목숨 값으로 부족한 돈은 아니었습니다. 김 여사가 아슬아슬하게 그만큼을 낼 재력이 있다는 것도 알고 있었고요.

"알겠습니다. 10억 원, 받아들이지요. 그다음."

김 여사가 낭패한 기색으로 뭔가 더 말하려 했지만, 나는 지팡이로 황씨를 가리켰습니다.

"당신은 뭘 줄 수 있죠? 물론 늙은 아버지에게 들러붙어 사는 무능한 인간에게 돈은 기대하지 않아요. 난 다른 것도 받습니다. 몸으로 때워도 돼요. 팔 하나, 다리 하나, 이 정도면 충분하겠지요?"

황씨의 입에서 새된 비명이 터져 나왔습니다. 나는 공포로 얼룩진 냄새를 즐기며 느긋이 말을 이었습니다.

"거참, 몸은 성하고 싶나요? 좋습니다. 그러면 다른 이의 영혼을 바치는 건 어떻습니까?"

황씨의 눈에 희망의 빛이 스치는 것을 나는 놓치지 않았습니다.

"단, 거래 대상은 혈육입니다. 당신과 같은 피를 섞은 영혼만 받을 수 있다는 겁니다. 물론 영혼의 소유자를 당장 죽이는 건 아닙니다. 그자의 수명이 다 되면 이미 내 소유가 된 영혼을 거둬 가는 거죠. 그게 몇 년 뒤일지 몇십 년 뒤일지는 모릅니다. 인간의 수명이 획기적으로 늘면 몇백 년 뒤가 될 수도 있고요."

마지막 말은 농담이었는데 아무도 웃지 않았습니다.

황씨가 외쳤습니다.

"내 아들! 금마 영혼을 바치겠십니더! 내를 여서 꺼내주시믄, 기꺼이!"

"멀쩡한 아를 와!"

황 노인이 기겁해서 소리쳤어요.

"오호라."

감탄이 나왔습니다. 내가 예상한 것과는 달랐지만 전혀 뜻밖의 대답도 아니었거든요.

황씨는 똑똑한 아들과 항상 비교 대상이 되었습니다. 모두가 황씨보다 아들을 위에 두었습니다. 아들은 자기보다 당연히 아래여야 마땅하다는 배배 꼬인 감정이 그 순간 터져 나왔던 겁니다. 어린 아들에게 느낀 질투심과 아들은 아버지 것이라고 여기는 소유욕이 순식간에 황씨의 영혼을 타락시켰습니다.

"멋진 조건이군요. 알겠습니다. 계약은 성립되었습니다."

나는 동굴 안을 가득 채운 영혼의 추악한 썩은 내를 기쁘게 음미했습니다. 덜덜 떠는 김 여사와 황씨를 보며 말을 이었습니다.

"계약을 이행하죠."

손가락을 딱, 튕겼습니다. 폭탄이 터지듯 큰 소리가 갱도 안을 채웠습니다.

동시에 두 명이 사라졌습니다.

김 여사는 산 아래 마을로, 황씨는 갱도 입구로 옮겼습니다. 그 정도는 크게 힘들 것도 없었고, 대가도 받았으니 더 수월하게 할 수 있었지요. 김 여사의 손을 묶은 밧줄을 풀어주는 서비스까지 해주었을 정도이니까요.

그 둘의 뒷이야기를 해볼까요?

김 여사는 서울로 도망쳤습니다. 황 노인을 피해, 악마를 피해. 하지만 나라를 피하지는 못했습니다. 수사기관이 권력자들의 비리를 조사하다가 김 여사가 걸려들었던 겁니다. 김 여사의 투기에는 당연히 구린 구석이 있었고, 혼란한 정국으로부터 국민의 시선을 돌릴 필요가 있었지요. 결국 김 여사는 수사기관에 체포되어 감옥에 들어갔고, 전 재산을 압류당했습니다. 김 여사는 나락으로 굴러 떨어졌습니다. 악마에게 10억 원의 빚을 진 채.

황씨는 집에 돌아가자마자 드러누웠습니다. 모친이 황 노인의 행방을 물어도 대답조차 하지 않은 채 끙끙거리기만 했어요.

사실 아팠던 게 아니었습니다. 갱도 안에서 겪은 일이 사실인지 꿈인지, 앞으로 어떻게 해야 좋을지, 그런 것들을 생각하며 김 여사가 부추긴 말을 곱씹고 또 곱씹었지요. 악마와 인간이 던진 유혹에 끙끙 앓으며 그는 이불 속에서 어리석은 영혼이 푹 썩어가는 것을 볼 수밖에 없었던 겁니다.

한편 갱도에는 나와 황 노인, 둘만 남았습니다.

나는 몸을 굽혀 바닥에 떨어진 랜턴을 주웠습니다. 뒤늦게 황 노인이 소리쳤습니다.

"내, 내도, 내도 꺼내도!"

나는 랜턴으로 노인을 비추었습니다.

"당신은 내게 뭘 줄 수 있습니까?"

"점마! 아무 쓸모도 없는 아들내미! 점마 영혼 가지가라!"

"안 됩니다."

나는 어깨를 으쓱해 보였습니다.

"26년 전, 당신이 이미 내게 같은 걸 팔았잖아요?"

황 노인이 놀라서 숨을 들이쉬더군요. 그 모습을 보고 확신했습니다. 늙은이가 옛일을 잊지 않았다는 것을.

7

"이 일에 개입할 생각은 없었습니다. 나는 그럴듯한 인간의 영혼에 관심이 있고, 당신 아들은 내가 탐낼 만큼 먹음직스럽지 않았습니다."

내 목소리가 돌벽을 울렸습니다. 랜턴 불빛이 황

노인의 얼굴에 짙은 그림자를 만들었습니다. 그림자는 떨리고 있었어요. 랜턴이 흔들린 건 아니었습니다. 떨고 있는 건 하찮고 비겁하고 사악한 인간이었습니다.

"그런데 당신 아들 손에서 눈에 익은 물건이 보였습니다. 저 종이가 왜 다시 나타난 거지? 20년도 더 지난 옛날 일인데? 관심이 생겼어요."

나는 종이를 흔들어 보였습니다.

"처음 이곳으로 이사 왔을 때, 당신은 갑작스레 이사한 이유를 알려달라고 보채는 어린 아들에게 '뒷산에 묻혀 있는 황금을 찾기 위해 땅을 샀다'고 거짓말했습니다. 실은 다른 이유가 있었지요? 아들에게는 차마 말할 수 없는."

노인의 누렇게 뜬 얼굴이 마치 내 손에 들린 종이 색깔 같았습니다.

"인간은 재미있어요. 상상력으로 거짓에서 진실을 창조해내기도 하지만, 거짓에서 거짓만도 못한 엉터리를 만들어내기도 하니까요. 당신 아들은 당신이 감췄던 종이를 발견한 뒤 어릴 때 들은 말을 용케 기억해냈고, 얼마 전 모습을 드러낸 굴을 떠올렸습니다. '아버지는 정말로 금을 찾으려던 거였어!' 당신 아들은 그렇게 생각한 겁니다. 참 어리석지요?"

웃음이 나오려는 걸 꾹 참고 나는 말을 이었습니다.

"우리가 찾아온 자초지종을 듣고 당신은 황당했을 겁니다. 당신이 예전에 엮였던 사기에 이번엔 아들이 걸려들다니! 하지만 사실을 말할 수는 없으니, 아들더러 쓸데없는 짓 그만하라고 호통치는 게 고작이었습니다."

"그, 그건…."

"그런데 상황이 희한했습니다. 미덥지 못한 아들이 자기 혼자 지어낸 망상을 철석같이 믿고 일을 벌인 것도 황당한데, 같이 온 두 명이 정말로 광산을 탐사하고 파낼 재력이 있는 투자자였던 겁니다. 당신은 기회라는 걸 깨달았어요. 물려받은 재산은 점점 줄어 집을 재건하는 것은커녕 수리할 엄두도 내지 못하고, 무능한 아들은 돈을 벌기는커녕 까먹기만 했지요. 그때 돈 가진 멍청이들이 나타난 겁니다. 당신은 그들의 돈을 갈취한 뒤 죽여버리자는 생각을 떠올렸습니다."

노인의 숨이 가빠졌습니다. 손이 부들부들 떨리는 게 꼴불견이더군요.

"물론 창의적인 계획은 아니었습니다. 옛일을 되풀이한 것뿐이었지요. 1961년이었지요? 일본군이 몰래 숨겨둔 금이 있다며 어리석은 아버지와 아들을 꼬드긴 강도단 사건이 있었던 게."

"어, 어째서 그걸⋯."

"강도단은 소설책에서 아무렇게나 베껴 쓴 문구를 당신 부자에게 보여주며, 일본군이 방공호로 파놓은 굴에 금을 숨겨놓은 증거라고 속였습니다. 당신 부자는 아무것도 모른 채 굴을 탐색하러 갔다가 감금당했고, 강도단은 돈을 빼앗은 뒤 당신들을 죽이려 했습니다."

황 노인이 나와 김 여사에게 저질렀던 짓은, 실은 그가 젊었을 때 당했던 일이었습니다. 피해자가 가해자로 변한 거지요.

"그때 예상치 못한 사고가 났습니다. 산사태가 일어나 굴이 무너지면서 강도단과 당신 아버지가 바위에 깔렸던 겁니다. 당신은 용케 목숨을 건졌지만, 어두운 굴에 갇히고 말았어요. 그때 갑자기 악마가 나타났습니다. 악마는 물었지요. 너를 굴에서 꺼내주는 대가로 뭘 줄 수 있느냐고요."

"니, 서, 설마⋯."

노인이 마구 숨을 몰아쉬었습니다.

"그때 악마는 당신이 전 재산을 바칠 줄 알았습니다. 그때의 당신도 아버지에게 기생할 뿐인 인간이었으니까요. 그런 자가 재산을 몽땅 물려받을 자격을 얻자마자 죄다 잃으면 얼마나 억울해할까? 악마는 그 꼴을 비웃고 싶었을 뿐입니다. 하지만 뜻밖에도 당신은 어린 아들의 영혼을 바치겠다고 했어요. 드디어 손에 쥔 돈을 놓지 못해서였습니까? 아니면 자기보다 잘났다는 소리를 듣던 아들에게 열등감을 느껴서?"

"아이다! 그건…."

"이유를 들을 필요는 없어요. 당신 아들의 영혼이 내 것이 되었다는 게 중요하니까요. 그런데 그걸 또 팔겠다니요? 당신 것도 아닌 걸 당신 것인 양 파는 건 사기입니다."

떠올려보길 바랍니다. 내가 황씨에게 뭘 내놓을지를 물으며 그의 몸뚱이나 혈육의 영혼을 예로 들었지만, 황씨 자신의 영혼은 언급하지 않았던 것을 말입니다. 그 어리석은 자의 영혼은 이미 내게 팔렸으니까요.

노인이 헐떡이는 소리가 잔향에 섞여 요란하게 울렸습니다.

"당신을 다시 만난 뒤 나는 이용당하는 척하며 오히려 곤경으로 몰아넣었지요. 아버지와 아들이 어떤 선택을 할지 궁금해졌거든요. 그래서 한번 산사태를 일으켜봤던 겁니다."

물론 거짓말입니다. 산사태는 우연이었습니다.

"아들이 당신과 같은 선택을 할 줄은 몰랐습니다.

나는 당신 아들이 당신 영혼을 팔 거라고 짐작했거든 요. 부자의 정일까요? 아니면 당신을 두려워하는 한심 한 아들이라서 차마 말할 수 없었던 걸까요?"

"내, 내도 꺼내도!"

황 노인이 덜덜 떨며 소리쳤습니다. 나를 협박할 때 와는 달리, 목소리는 위협적이지도 않았고 기운조차 빠져 있었습니다.

"여편네 영혼 가지가라! 아니, 몸뚱이도 전부! 그 가스나, 오래 살았다! 인자 죽어도 된다!"

"나는 분명 혈육이라고 했습니다. 당신이 피를 물려받았거나 물려준 이 중 아직 제 영혼을 고이 간직한 이 말입니다. 그 기준대로라면 아내는 혈육에 해당하지 않는군요."

"이 안에 있는 금 가지가라! 전부 다 주꾸마!"

"여기에 금이 없는 건 이미 알고 있습니다. 아직도 거짓말로 나를 속일 작정입니까?"

물 밖으로 끄집어내진 붕어인 양 황 노인이 입만 뻐끔거렸습니다. 할 말이 더는 없어서인지, 공포로 더는 말이 나오지 않는 건지는 알 수 없었습니다.

"거래할 필요는 없습니다. 당신은 여기서 죽을 테니까요. 나는 지켜보려고 온 것뿐입니다. 여기 갇힌 채 죽어가는 것을요."

"내는 안 죽는다! 내 아들이, 금마가 내 구하러 올 끼다!"

"지금 당신 아들은 열심히 머리 굴리고 있어요. 당신을 살리고 계속 하찮은 놈 취급을 받느냐, 아니면 당신이 죽길 기다렸다가 시체를 파내 유산을 물려받느냐, 두 선택지를 두고 말입니다."

"아이다!"

"맞아요. 당신도 그랬잖아요? 방공호에 갇혀 있을 때, 당신 아버지가 숨 헐떡이던 소리를 당신도 똑똑히 들었잖아요? 하지만 당신은 악마의 힘으로 방공호에서 탈출한 뒤, 한 달이 지나서야 아버지를 찾아 나섰지요. 아버지가 시체가 되기를 기다린 거잖습니까. 아버지의 유산을 물려받으려고!"

노인은 대꾸하지 못했습니다. 황금빛에 홀려 눈먼 자의 처참한 꼴을 지켜보며 나는 말했습니다.

"당신은 여기서 죽을 겁니다. 당신 영혼이 내 손에 들어올 때까지, 길어야 일주일이면 충분하겠군요."

"내는 니한테 영혼 판 적 없다! 와 니가 내 영혼을 가져가는데?"

"아버지의 죽음을 모루 척하고 아들의 영혼을 악

마에게 팔기로 계약한 인간, 무고한 이를 협박해 큰돈을 쥐려고 한 인간의 영혼이 과연 멀쩡할까요? 당신은 1961년, 어두운 굴 안에서 이미 타락했습니다. 나는 여기서 당신 영혼이 풍기는 향기로운 썩은 내를 즐겁게 맡으며, 죽어 내 손아귀에 들어오는 걸 지켜볼 겁니다."

황 노인의 입에서 기이한 외침이 흘러나왔습니다. 분노, 절망, 혼란, 공포가 섞인 외침. 인간이기를 포기한 짐승의 울부짖음이었습니다. 무너진 폐광 안을 가득 채우는 절규를 즐겁게 들으며 나는 바위에 앉았습니다.

"이제 죽어주세요. 내가 똑똑히 지켜봐줄 테니까."

나는 길고 지루한, 흥미진진한 구경을 시작했습니다.

사흘 뒤, 황 노인은 죽었습니다.

빠른 죽음이었습니다. 공황 때문이었는지, 이미 노쇠한 몸이 더는 혹독한 환경을 견딜 수 없었는지, 나는 알지 못합니다. 산사태로 굴에 갇힌 경험이 있던 자가 똑같은 경험을 더는 버티지 못한 것일 수도 있지요. 진실을 알 방법이 더는 없습니다. 지옥의 무저갱에 떨어진 자를 다시 불러올 수는 없는 노릇이니까요.

부복장주(剖腹藏珠)라는 사자성어가 있습니다. 배를

갈라 구슬을 숨긴다는 뜻이에요. 재물을 탐하는 마음이 커진 나머지 제 배를 갈라 내장에 보물을 숨기는 꼴을 가리킵니다. 금이 감춰져 있다는 거짓말로 악마의 뱃속에 두 번이나 들어간 걸로도 모자라, 악마의 뒤통수까지 친 황 노인 같은 자를 가리키는 말이지요. 그런 자의 영혼이 무저갱에 던져지는 건 당연한 결말입니다.

황씨가 경찰에 신고한 건 태풍 셀마가 한반도를 떠나고도 며칠이 지나서였습니다. 물론 노인의 목숨이 끊길 즈음까지 기다리느라 미뤘던 거지요. 황씨는 김 여사의 말에 설득되었기에 친아버지를 버렸습니다. 아들의 영혼도 판 마당에 주저할 것이 뭐가 있었겠습니까?

수색이 벌어졌고 갱도에서 아버지의 시체가 발견된 뒤, 황씨는 재산을 물려받았습니다. 황금을 갈구하던 자는 결국 큰돈을 쥐게 된 겁니다. 과거 황 노인이 그랬던 것처럼 말입니다. 아버지를 죽이는 선택지를 골라 영혼을 썩힌 것까지 닮은꼴이었지요.

김 여사는 황씨와 전혀 다른 처지가 되었습니다. 한참 뒤 출소한 김 여사는 다시 인맥을 끌어모아 사업을 벌이려 했습니다. 하지만 돈을 벌기는커녕 빚만 늘고 말았습니다. 무엇보다도 김 여사가 자랑하던 안목이 악마를 만나면서 뒤틀려 망가진 탓이 컸습니다.

지금 김 여사는 일흔 살이 되었지만, 아직도 찬밥 더운밥 가리지 않고 돈이 될 곳을 찾아 종횡무진입니다. 참 열심이에요. 요즘엔 보이스피싱 조직의 수거책까지 하니까요. 악마에게 진 빚을 갚으려는 것 같지는 않고, 놓치고 만 부를 다시 잡으려고 그러는 것 같습니다. 타락한 인간이 한창 잘나가던 때를 잊지 못해서 보이는 추한 꼴이 참으로 흥미진진합니다.

나는 내게 영혼을 판 자들의 존재를 기억해둡니다. 그러다가 적절한 때가 오면 직접 만나러 갑니다. 그들이 얼마나 타락했는지 봐야 하니까요.

사과를 키우는 농부는 과실이 선악과처럼 탐스럽고 새빨갛게 물들길 바라잖아요? 꽃을 피우고 서서히 열매를 맺는 사이, 과실이 제대로 여무는지, 병이 들지 않았는지, 새가 쪼아 먹거나 벌레가 갉아 먹지는 않았는지를 지켜보지요. 성장이 더디면 빠르게 잘 자라도록 직접 손을 대고요. 내가 인간의 영혼을 다루는 일도 농부가 하는 일과 다르지 않습니다.

잠깐만요, 아직 끝난 게 아닙니다. 이 이야기에서 가장 흥미로운 부분을 아직 말하지 않았거든요. 그건 바로, 악마는 영혼을 거래 대상으로 삼지 않는다는 겁니다. 악마는 그저 인간의 영혼이 타락하도록 이끌고,

죽은 자의 썩은 영혼을 곧바로 지옥으로 데려갈 뿐입니다.

내가 황씨 부자에게 한 말은, 영혼을 대가로 계약했다는 건 대체 뭐냐고요?

당연히 거짓말입니다.

당신도 알잖아요? 악마야말로 세상에서 가장 오래된 거짓말쟁이이자 사기꾼이라는 것을 말입니다. 나 또한 악마와 계약해 영혼을 넘기면 그 대가를 받을 수 있다는 거짓말로 사기를 친 거지요. 사기당한 자가 사기꾼이라는 게 조금 색다를 뿐.

막간

이야기는 재미있었습니까?

혼란스러운 듯하군요. 이야기가 당신이 기대한 것과 달라서일까요?

하지만 당신도 알 겁니다. 이야기는 그걸 말하는 자에게 그럴듯하게 가공할 권리가 있다는 것을. 나는 주어진 권리를 충실히 수행했을 뿐입니다.

실화에 허구를 마구 뒤섞으면 그 무엇도 믿을 수 없게 되니, 전혀 합리적이지 않다고요?

악마는 합리를 중요하게 여깁니다. 악마는 최대 다수의 최대 타락을 추구하니까요. 같은 노력을 들여서 더 많은 인간이 타락하길 바라는 존재입니다.

그런데 인간 또한 합리를 좋은 도구로 여기더군요. 합리를 믿는 인간만큼 다루기 쉬운 존재도 없습니다. 합리로 지은 믿음은 튼튼해 보이지만 실제로는 무척 허술하거든요. 절대로 안전하다고 홍보했지만 허탈하리만치 순식간에 뚫리는 금고처럼.

합리라는 말을 온전히 믿지 마십시오. 제 믿는 바를 짓는 데만 쓰일 뿐이면 합리나 미신이나 별 볼 일 없고, 오히려 거짓과 어리석음의 효용만 못합니다.

당신을 여기로 데려온 이유가 뭐냐고요? 몇 번을 말하는 겁니까. 맛있는 술을 즐기며 내 이야기를 하려는 것뿐이에요.

맛있는 술, 재미있는 이야기, 탐스러운 영혼! 이것들이 어우러져서 참으로 즐거운 술자리가 되어가고 있어요.

즐거워요, 아주 즐겁습니다.

당신이 너무 많이 생각하는 것 같아서 덧붙이겠습니다. 나는 타락한 인간의 영혼을 찾아다닙니다만, 때로는 여유를 즐기고 싶을 때도 있습니다. 여기 온 것도 그래서입니다.

그러니 내가 당신 앞에 왜 나타났는지, 당신의 영혼 어디에 어떻게 타락할 구석이 있었는지 불안해하지 말아요. 결국 이야기가 끝날 때는 다가올 테니까.

아직 밤이, 어둠이 좀 더 깊어질 여지가 남았군요. 한 잔 더 하겠습니까?

오, 좋습니다. 새 술을 시키겠다는 거지요? 이번에는 색다른 걸 마셔볼까요? 이번에도 흥미로운 선택지를 제시하겠습니다. 당신이 어떤 술을 고를지, 무척 기대됩니다.

낭패불감, 이러지도 저러지도 못하고

1

우리가 시킨 새로운 술이 드디어 나왔군요.

이게 당신이 고른 블랙 마티니입니다. 아니 잠깐, 블랙 맨해튼이었나? 말한 나조차도 순간 헷갈렸군요. 아무렴, 어떻습니까? 확실히 특별한 모습이네요. 역삼각형 마티니 글라스에 짙고 새카만 액체가 담긴 게 참 보기 좋습니다. 위를 장식하는 검은색 허브 이파리가 마치, 제 입으로 말하긴 좀 그렇지만, 마치 악마가 새카만 손가락으로 잔을 영혼인 양 덥석 움켜쥐는 것처럼 보이는군요. 그럴듯해 보입니다.

드시죠. 이런, 얼굴을 찌푸리는군요. 향이 거슬립니까? 아니면 술이 너무 쓴가요?

맛과 향이 낯선 거로군요. 너무 실망하지 마세요. 먹기 좋은 걸 원했다면 나처럼 잭콕을 고르면 좋았을 텐데 말입니다. 평범한 걸 주문하는 게 모양 빠진다고 생각했던 겁니까? 이거 참, 당신은 잭콕을 그저 코카콜라의 달콤함에 잭 다니엘스의 향기만 슬쩍 얹은 액체로만 여긴 거로군요. 하지만 잭콕은 흔해빠진 둘을 섞었지만 맛있는, 마시기 좋은 칵테일입니다.

저런, 많이 취했나 봅니다. 손을 떠는 걸 보니.

천천히 드세요. 아직 밤은, 어둠은 충분히 깊어지지 않았으니까요.

이 나라에 10월 유신이라는 게 있었죠? 그즈음에도 재미있는 일을 더러 했었어요.

그때 인간들은 선과 악의 이분법에 눈멀어 있었거든요. 여기 인간들은 남한은 선, 북한은 악이라고 했고, 반대편 인간들은 거꾸로 외쳤습니다. 다들 이념에 취해서 폭주했어요. 맹목적인 질주에 휩쓸린 영혼이 순식간에 타락하는 걸 지켜보며 재미있게 즐기던 시절이었지요.

그때가 1973년 여름이었지요. 대통령은 유신이라는 이름으로 웅덩이 속 자신의 권력을 무한히 움켜쥐려 들었고, 그가 거느린 자들은 수면 아래 도사린 불온함을 뜰채로 건져내려 애쓰던 그때, 나는 혼탁한 물 아래서 마주친 피라미와 송사리를 목격했습니다. 난 그들을 구경하며 어떤 선택을 할지 고민하다가 자칫 낭패를 볼 뻔했었지요.

'악마의 딜레마'라고나 할까요? 그때 거기서 벌어진 일에 이름을 붙여본다면.

2

 그때를 떠올리면 생각나는 게 있습니다. 컴컴하고 습한 방과 그 안을 가득 채운 미친 더위.
 여름에 창 하나 없는 실내에서 일하는 건 고역입니다. 거기가 늘 물기 흥건한 곳이라면 더욱 그렇죠. 시멘트가 물에 찌든 냄새를 알고 있습니까? 창고의 오래 묵은 먼지 내음이나 고인 물의 비린내와는 다른 아주 기괴한 악취입니다. 쿰쿰한, 아니, 꿉꿉하다는 게 맞을까요? 냄새를 맡는 것만으로도 오장육부가 뒤틀리고 피부가 썩는 기분이 들거든요. 거기에 인간의 오물 냄새까지 주기적으로 섞인다? 악마가 말하기엔 참 이상한 표현이지만, 지옥이 따로 없지요.
 "와, 김일성 입냄새도 이렇게는 안 날 거다."
 조 경사가 얼굴을 찌푸리며 툭 뱉었습니다. 취조실 문틈으로 스멀스멀 새어 나오는 냄새만으로도 투덜거리긴 충분했어요. 왜 하필 김일성 입냄새냐고요? 그곳 인간들에게 박힌 생각대로라면 나쁜 건 죄다 공산당 빨갱이 짓이었거든요. '공산당'과 '빨갱이'는 당시 '지옥'과 '악마' 대신 쓰이던 용어였어요.
 내가 있던 곳은 서울의 한 경찰서였습니다. 정확히

는 경찰서 가장 깊은 곳에 자리 잡은 취조실 밖 복도였지요. 벌레나 쥐 따위를 제외한다면 그곳에 모이는 건 가장 은밀하고 더럽고 잔인한 일을 가하거나 당하는 자들뿐이었어요.

"아, 죽겠네."

신 경장이 주먹을 몇 번이나 꽉 쥐며 중얼거리던 게 기억납니다. 커다란 체격과 상대를 위압하는 거친 인상에 어울리지 않는 모습이었거든요. 와이셔츠와 바지 차림이 장소와 맞지 않게 단정했던 탓도 있었을 겁니다.

당시 서른 살인 신 경장은 불과 몇 개월 전에 경장 계급장을 달았습니다. 신 경장은 출세에 목을 매고 있었습니다. 그가 이 일에 자원했던 데는 어쩔 수 없는 사정이 있었어요. 야망을 품고 갓 송사리가 된 애송이에게 용의자를 취조해 정보를 캐내라는 명령이 떨어진 상황이었지요.

초보자를 어떻게 그런 일에 투입할 수 있냐고요? 지적한 대로입니다. 애송이가 바깥세상에서 치열하게 구른 자를 상대했다간 정보를 캐내기는커녕 오히려 탈탈 털릴 게 분명하지요.

경찰들은 바보가 아니었습니다. 송사리를 힘센 가물치로 키워내려면 훈련을 시켜야 한다는 걸 잘 알았어요. 애송이 신 경장에게는 어리바리한 레미콘 공장의 공원이 던져졌습니다. 송사리의 첫 상대는 피라미였던 겁니다.

그래서 송사리… 아니, 신 경장은 인생 첫 취조를 하게 되었습니다.

순경이었을 때 유치장에서 취조실까지 혹은 그 반대로 용의자를 끌고 가기만 했던 그는 용의자들의 눈과 몸에서 점점 힘이 빠져나가는 걸 봤었지요. 왜 그렇게 되는지는 잘 알고 있었고 당연히 그런 일을 제 손으로 하지 않으려 했습니다. 그가 이 일에 자원하며 억지로 짜낸 용기는 취조실 앞에 다다른 순간 맥없이 꺾이고 말았지요.

경찰 조직은 신 경장 혼자 취조하게 놔두진 않았어요. 취조실 밖에서 나 경위가 지시를 내리면 하 경사가 현장과 나 경위 사이를 오가며 구체적으로 상황을 조율했지요. 현장에는 베테랑 조 경사가 있었고 그저 힘쓰기를 거들 목적으로 신 경장보다 어린 새파란 경장도 하나 더 투입되었습니다. 그래도 신 경장의 주도로 취조를 이끌어간다는 건 변함없었어요.

용의자 홀로 취조실에 남겨두고 하 경사가 설명했습니다.

"민영수. 나이는 스물일곱. 레미콘 공장에서 일하며 공부한답시고 야학에 다니다가 거기서 선생인 양 흉내 내던 대학생 년과 밀접하게 접촉했다. 그년은 북한 빨갱이 놈들 지령을 받는 불온 단체에 소속되어서, 다른 공장에서도 북한 체제가 우월하다느니 자유대한이 독재국가니 하면서 노동자들에게 흑색선전을 일삼았던 전과가 있다. 민영수는 그년과 밀접하게 접촉해 불온서적을 건네받고 공장 사람들을 선동하려 했다."

"개새끼구먼, 아주!"

조 경사가 버럭 소리치며 철문을 발로 걷어찼습니다. 이 또한 계산된 행동이었습니다. 취조실에 홀로 남겨진 용의자는 두려움에 떨며 밖의 웅성거림에 귀를 기울일 겁니다. 제대로 들리지 않는 말소리에 뒤섞여 또렷이 들려오는 자신을 향한 욕설. 그러다 갑자기 터지는 굉음. 그렇게 용의자의 불안을 키우고 저항할 힘을 빼앗았죠.

"민영수에게 그년이 어디 숨었는지 알아내도록. 잘해봐, 신 경장."

하 경사가 신 경장의 어깨를 툭툭 두드렸습니다.

"알겠습니다."

신 경장이 딱딱하게 대답하며 주먹을 쥐었다 펴길

반복했습니다. 그의 별명은 '렌찌'였어요. 어마어마한 악력 때문에 어떤 흉악범도 오른손에 잡히면 빠져나가지 못한다는 뜻이었지만, 초조할 때마다 주먹을 계속 쥐었다 펴는 버릇 탓도 있었을 겁니다. 그 손놀림이 신경 쓰여서 나는 말했습니다.

"너무 긴장하지 마십시오."

"긴장하는 거 아냐. 마 경장, 너나 똑바로 해."

나는 신 경장의 말과 행동이 맞지 않음을 지적하려다 그만두었습니다. 송사리가 피라미를 만나지도 않았는데 벌써 자극할 필요는 없었거든요.

경찰들은 바보가 아니었습니다. 하지만 알아채지 못한 게 있었지요. 그들 사이에 바로 나, 악마가 끼어들어 있었다는 것을요. 나는 '마 경장'이라는 이름표를 단 채 열심히 궁리했습니다.

앞으로 어떻게 해야 할까?

3

용의자 민영수의 첫인상은 그야말로 피라미였습니다. 팬티만 남기고 죄다 벗겨진 채 와들와들 떨고 있는 비쩍 마른 몸이 백열전구의 노란 불빛을 받으니, 겨울바람에 흔들리는 앙상한 나무처럼 더욱 볼품없어 보였어요. 등 뒤로 돌려진 손에 수갑이 채워진 채 새카만 피부 위로 크고 작은 상처들이 드러난 지저분한 몸에서 유독 팬티만 새하얬지요. 그것도 얼마 뒤 더러워졌지만요.

취조가 시작되자 그는 더욱 심하게 몸을 떨었습니다.

내가 계속 '취조'라는 단어를 쓴 것에 유의해주십시오. 말로 윽박지르는 것조차 폭력이라고 호들갑 떠는 요즘 인간들 기준으로 보면 그때의 '취조'는 엄연한 '고문'입니다. 원하는 진술을 받아내려고 용의자의 신체에 직접적인 폭력을 가했으니까요. 아무리 좋게 보려 해도 그저 다른 인간에게 더욱 잔인하게 고통을 주려는 목적만 가득했어요. 정작 폭력의 가해자들은 굳은 믿음을 가지고 있었습니다. 나는 자유대한을 지키기 위해 이런 힘든 일을 하고 있다. 나의 행동은 정당하다. 그들은 그런 생각으로 '취조'에 임했던 겁니다. 물론 가끔 거기에 자신의 사적인 울분을 슬쩍 섞어서 풀기도 했지만요.

그 향기로운 악의라니! 인간은 악마보다 더욱 위대하게 잔인해요. 지옥 가장 깊은 곳의 그분도 인간에게 경의를 표할 겁니다.

조 경사가 기술적 지도를 했지만 민영수를 주도적

으로 취조한 건 신 경장이었습니다. 처음 신상과 대학생의 행방을 묻는 형식적인 대화가 끝난 뒤 신 경장은 얼굴을 찡그린 채 진짜 취조에 임했습니다. 취조실에 아무렇게나 널려 있던 목봉을 쥐고 열심히 했습니다. 서툴러서 과하게 힘을 쓰기도 했지만 민영수가 고통에 찬 비명을 질러댔으니 오히려 좋은 효과를 낸 것 같았죠.

민영수가 기절한 뒤 자연스레 잠깐의 휴식 시간이 주어졌습니다. 팔을 걷어붙인 신 경장의 와이셔츠가 땀에 흠뻑 젖어 있더군요. 나는 그에게 담배를 내밀었습니다. 아무리 맡아도 무뎌지지 않는 지독한 냄새는 진한 담배 냄새로 잠깐이나마 덮어야 했거든요.

"할 만하십니까?"

"내가 지원한 거니 잘해야지. 마 경장은 어때? 괜찮아?"

"겨우겨우 하고 있습니다. 둘째 생기셨다면서요? 축하합니다."

"애가 사내인지 아닌지부터 알아야 축하하든지 말든지 하지."

퉁명스레 말하면서도 신 경장이 웃었습니다. 담배를 한 모금 빨아들인 그의 손떨림이 줄어든 게 보였어요.

"첫째는 아들 아니었습니까? 둘째는 딸 낳아도…"

"아버지 어머니는 무조건 사내를 낳아야 한다고 성화셔. 아들이 여럿 있어야 한다고…."

"아이고, 아직도 아들 타령입니까? '딸 아들 구별 말고 둘만 낳아 잘 기르자'고 나라에서도 말하는데."

"속에 맺힌 게 있어서 그러시는 거지. 매번 둘째가 있었으면 스물일곱인데, 지금쯤 번듯한 직장 다닐 텐데, 그렇게 중얼거리시니까."

"거참."

"뭐, 둘째가 딸이라도 어쩌겠어. 나라에서도 애 덜 낳으라 하고 마누라 몸 생각하면 지금 애 지우기도 어려울 거 같으니, 내가 아버지 어머니를 설득해야지."

"힘내십시오."

"그래."

신 경장이 웃었습니다. 한 집안의 가장이 지을 법한 평범한 미소였지요. 하지만 백열전구 빛을 받은 표정 너머에 어떤 진실이 도사리고 있는지 나는 잘 알고 있었어요.

"야, 신정용. 힘 좀 빼고 해라. 언제까지 기력 붙어 있을 줄 아냐? 나이 금방 먹는다."

맞은편 의자에 앉아 있던 조 경사가 어깨를 주무르며 툭 말을 던지더군요. 머리에 쓴 초록색 '새마을' 모자와 목에 두른 꾀죄죄한 수건, 새카만 낡은 장화 때문에 농부처럼 보였어요. 그러고 보니 그들의 모습은 논일 도중 쉬는 시간을 한가로이 즐기는 시골 농군처럼 보였을 거 같군요. 그곳이 지독한 냄새 풍기는 취조실이 아니고, 온몸의 상처를 드러낸 채 오물 범벅이 되어 기절한 민영수가 없었다면 말입니다.

취조실 문이 열리고 하 경사가 들어왔습니다. 우리가 형식적인 경례를 붙이자 하 경사가 신 경장에게 물었습니다.

"어때? 할 만해?"

"네."

"나 경위님이 그러시더라. 빨리 대학생 년 정보를 얻으라고. 그년, 몇 번이나 쥐새끼처럼 도망쳤잖냐. 승진에 목마른 전국 경찰이 그년 엉덩이 노리는 걸 너희도 잘 알 거다."

조 경사가 흘끗 하 경사를 보더군요. 하 경사가 기절한 민영수를 보며 툭 내뱉었습니다.

"이 새끼는 적당히 조져. 그년이 이 새끼에게 뭐 제대로 말한 건 없을 거다. 뭐 볼 만한 게 있는 놈도 아니잖냐. 다른 멀쩡한 놈 잡아다 족치는 게 낫겠지. 어차피 신 경장이 앞으로 일 잘하라고 연습시키는 거니까 이 새끼 가지고 적당히 해봐. 알았어?"

하 경사가 민영수를 보며 턱짓했습니다. 이제 쉴 만큼 쉬었으니 다시 취조를 재개하자는 지시였지요. 하 경사가 나가고 철문이 닫히자 신 경장은 민영수의 어깨를 힘껏 그러쥐었습니다. 무시무시한 비명을 토해내며 민영수가 깨어났습니다.

"개새끼야, 너, 언제까지 거짓말할 거야?"

"거거거, 거짓말 아닙니다. 전 아무것도 몰라요!"

눈물을 줄줄 흘리며 민영수가 외쳤습니다. 그의 따귀를 때리며 신 경장이 소리쳤지요.

"아무것도 모른다는 새끼가, 응? 그런 책을 갖고 다녀?"

그런 책. 어디 보자, 그때는 불온서적이라고 불린 책이었는데, 그게 뭐였더라…. 거참, 기억이 나질 않네요. 지금은 대중에게 아무렇지 않게 읽히고 있거나 완전히 잊히고 만 책일 겁니다. 아무튼 그 여대생은 책 속 진리가 인간을 밝은 미래로 인도할 거라며 민영수에게 책을 건네주었고, 민영수는 그걸 소중히 품고 내용을 이해하지 못하면서도 더듬더듬 읽었습니다. 그리고 책은 그를 밝음이 아니라 어둠 속으로 던져버렸지요.

"잘못했습니다. 잘못했어요!"

"잘못했으면 그년이 지금 어디 있는지 말해."

"전 아무것도 몰라요!"

"이 새끼가?"

다시 신 경장의 취조가 시작되었습니다. 몸부림치는 민영수를 목봉으로 구타하는 신 경장의 손에 불거진 핏줄이 보였습니다. 어느새 손떨림이 멎어 있었지요.

나는 신 경장과 조 경사를 돕는 척하며 그들의 영혼이 조금씩 썩어가는 향기로운 내음을 흠뻑 맡았습니다. 일은 계획한 대로 잘 흘러가고 있었지요.

하지만 머릿속은 여전히 복잡했습니다.

나는 누구 편에 서야 할까?

'누구 편?'이냐고 되물은 겁니까?

꼬인 발음이라서 제대로 못 들었습니다. 왜 그렇게 급하게 취해버린 겁니까? 아직 밤은, 어둠은 충분히 깊어지지 않았습니다. 해야 할 이야기는 남아 있고요.

내가 고문하는 자의 편에 서지 못해 안달복달했던 건 아닙니다. 나는 악마로서 자부심이 있습니다. 악마는 악인의 편이 아닙니다. 자신의 좋은 영혼을 스스로 타락시키는 자의 편일 뿐입니다.

그런데 뜻밖입니다. 이 이야기에 그리 놀라지 않네요. 혹시 아는 이야기였나요?

아니라고요? 하지만 마치 익숙한 이야기를 듣는 것처럼 보인단 말입니다. 뭐, 그때 이와 비슷한 일이 꽤 있었으니, 그런 흔해빠진 이야기를 다시 듣는 기분인 건지도 모르겠군요. 하지만 내 이야기는 결코 흔하지 않을 겁니다. 장담하지요.

그러니 칵테일을 천천히 드세요. 맛있고 특이한 술인데 느긋하게 즐겨야죠. 취해서 내 이야기의 가장 흥미로운 부분을 놓쳐서는 안 됩니다.

이야기로 돌아가지요.

그때 취조실 안에는 그럴듯한 선택지가 둘 놓여 있었어요. 나는 그걸 놓고 고민했습니다. 어떤 선택지냐고요? 성급히 굴지 말고, 좀 더 들어보십시오.

취조는 지지부진했습니다. 신 경장이 어설펐던 탓도 있었어요. 하지만 민영수가 계속 모른다고만 하는 게 더욱 큰 문제였습니다. 결국 참지 못하고 조 경사가 소리쳤습니다.

"안 되겠다. 이 새끼, 담그자!"

취조실 한편 욕조에 한가득 받은 물에 민영수의 머리를 집어넣자는 말이었지요.

취조에 익숙한 자였다면 조 경사의 지시에 이의를 제기했을 겁니다. 욕조에 머리를 담그는 건 이미 구식이었어요. 고문에 능했던 일본 순사들이나 그들의 기술을 이어받은 자들은 물수건을 용의자 얼굴에 덮고 그 위에 물을 부었습니다. 그래야 흔적이 남지 않거든요. 욕조 물에다 냅다 머리를 집어넣으면 자칫 폐에 물이 들어갑니다. 일이 잘못되면 폐 속의 물은 취조자를 궁지에 몰 증거가 되고 말지요.

하지만 신 경장은 이 일을 처음 하는 자였습니다. 나는 지금은 괜한 말은 하지 않는 편이 좋겠다고 판단했고요. 신 경장은 버둥거리는 민영수를 욕조로 끌고 갔습니다.

"살려주세요. 잘못했습니다, 제발…."

민영수의 간절한 외침은 얼굴이 물에 잠기기 전까지 계속되었습니다. 버둥거리는 민영수의 몸을 꽉 억누르며 나는 신 경장의 억센 손에 돋아난 푸른 핏줄과 민영수의 머리카락 아래 드러난 뒤통수 오른편의 커다란 흉터, 수면 위로 부글거리며 격렬히 올라오는 공기 방울 따위를 지켜보며 계속 고민했습니다.

그때였습니다.

신 경장의 입에서 억누른 비명이 터져 나온 것은, 손이 다시 떨리기 시작한 것은.

4

그날 취조실에는 조급한 인간이 한 명 더 있었습니다. 조 경사였지요. 시골 아저씨처럼 보였지만 실제로는 실적에 굶주린 난폭한 곰이었습니다. 그의 앞에 피라미 민영수가 나타났는데 그 뒤에는 모두가 탐내는 커다란 연어인 대학생이 있을지도 몰랐어요. 그래서 조 경사는 민영수를 욕조에서 급히 꺼낸 신 경장이 갑작스레 신상부터 다시 캐묻는 걸 이상하게 여겼던 겁니다.

"너, 고향이 어디야?"

"모, 모, 모릅니다."

"왜 그걸 몰라? 엉?"

"저는 고아라서요…. 네 살 때 가족과 떨어져서 쭉 고아원에서 자랐습니다."

"가족과 떨어져? 네 살에?"

"6·25 때 피난 가던 도중 떨어졌다고 하는데…."

"어디서 그랬는데?"

"그게, 그, 서울 근처라고만 들었는데… 잘 모르겠습니다."

"왜 모른다는 말만 하냐? 야!"

신 경장의 윽박지름에 민영수가 점점 위축되는 게 보였지요. 상황을 지켜보던 나는 슬쩍, 조 경사에게만 들리게 중얼거렸습니다.

"이상하지 않습니까?"

"뭐가?"

"신 경장님은 이미 들은 신상을 왜 저렇게 구체적으로 캐묻는 걸까요?"

조 경사가 얼굴을 찌푸리더군요. 그도 같은 생각을 하고 있다는 표시였습니다. 나는 지나가듯 한 마디를 덧붙였습니다.

"민영수의 대답이 마치 거짓으로 꾸민 거 같지 않습니까? 북한 간첩 놈들처럼요. 모른다, 기억나지 않는다, 똑같은 말만 되풀이하는 게 꼭…."

그 순간 조 경사의 표정이 변하는 모습이라니! 순식간에 풀썩 피어오른 의심의 향기에 현기증이 일 지경이었습니다. 취조실의 지독한 냄새조차 잠시 잊을 수 있었어요.

"야, 비켜봐!"

조 경사가 신 경장을 힘껏 밀쳤습니다. 하지만 신 경장은 덩치가 크고 힘도 좋았기 때문에 꿈쩍도 하지 않았습니다. 조 경사의 언성이 더 높아졌지요.

"뭐 하는 거야? 그따위로 해서 이 새끼가 불겠어?"

"아직 이 사람에게 물어볼 게 있습니다."

"뭘 물어? 이 새끼, 단단히 교육받은 놈이야. 죽기 직전까지 조져놔야 분다고!"

"단단히 교육받다니요? 대체 무슨…."

"이 새끼, 간첩이야!"

조 경사가 외쳤습니다.

그렇습니다. 조 경사의 눈에 민영수가 더는 피라미로 보이지 않았던 겁니다. 커다랗고 탐스러운 '간첩'이라는 이름의 연어가 된 거지요. 당장 자기 손에 꽉 움켜쥐어야 할!

"네?"

"아, 아, 아닙니다!"

신 경장과 민영수가 동시에 소리쳤지요.

조 경사의 행동은 빨랐습니다. 조 경사는 곧바로 민영수의 멱살을 그러쥐고 억지로 일으켜 세운 뒤 버둥거리는 그를 욕조로 끌고 갔습니다.

"조 경사, 뭐 하는 거야!"

갑작스러운 소란에 상황을 살피러 들어온 하 경사가 급히 외쳤지요. 조 경사가 맞받아 소리쳤습니다.

"이 새끼, 간첩이야! 분명히 뭔가 숨기고 있어. 자기 어릴 적 일도 제대로 말 못한다고! 공산당 놈들이 남파될 때 가짜 신원 교육받으면서 미처 거기까지는 듣지 못해서겠지. 신 경장, 너도 그게 이상해서 이 새끼에게 계속 물어본 거잖아!"

"아, 아니, 그게…."

신 경장이 더듬거렸습니다. 하 경사도 눈을 크게 뜬 채 아무 말도 하지 못했고요.

"아닙니다! 전 간첩 아닙니다!"

조 경사에게 붙들려 욕조 수면에 코가 닿을락 말락 한 채 민영수가 크게 외쳤습니다.

취조실 밖 복도에서 회의가 열렸습니다. 나 경위는 아직 상황을 모르고 있었고, 상황을 전하는 역할인 하 경사는 상황 파악이 덜 된 채였지요. 조 경사와 신 경장은 저마다 속에 품고 있던 확신이 달랐고요.

닫힌 철문 너머에서 소리가 났습니다. 애국가였어

요. 딴에는 민영수가 애국심을 보이려 한 행동이었겠지만 목이 터져라 부르는 노래가 귀에 거슬리기만 하더군요. 철문을 흘끗 보며 하 경사가 물었습니다.

"확실해? 저 새끼, 간첩 맞아?"

"확실해. 그게 아니면 저 새끼가 왜 어릴 적 일을 똑바로 말 못하는 건데?"

조 경사가 초조하게 대꾸했어요. 하 경사와 조 경사는 같은 기수라서 서로 말을 놓았습니다. 하지만 하 경사가 경위가 되면 동기에게 존댓말을 붙여야 할 처지였지요. 유능함을 인정받아 곧 승진할 거라는 평이 자자했던 하 경사와 달리 조 경사는 뚜렷한 실적이 없어서 경사로 퇴직할 가능성이 컸거든요.

신 경장이 끼어들었습니다.

"하지만 저 사람이 정말로 어릴 적 일을 기억하지 못해 저러는 걸지도 모릅니다."

신 경장은 덩치와 악력 때문에 힘쓰는 자로만 보였지만 머리도 곧잘 썼습니다. 촉망받는 인재였기에 하 경사도 조 경사보다는 그의 말에 더 귀 기울이는 눈치였고요.

"섣부르게 판단하지 맙시다. 일단 저 사람의 호적부터 조회해본 뒤에도 늦진…."

"그러기엔 시간이 없지 않습니까?"

좋지 않은 흐름이라 나는 얼른 신 경장의 말을 끊었습니다. 모두 나를 쳐다보더군요. 조 경사가 뭔가 말하려 했지만 하 경사가 빨랐어요.

"마 경장 말대로야. 나 경위님이 오늘 중으로 이 새끼 건 끝내고 다른 용의자를 조사하라고 지시하셨어. 자칫 시간 오래 끌었다간 그년이 도망칠지도 몰라."

조 경사가 대뜸 언성을 높였습니다.

"지금 그깟 년이 중요해? 저 새끼가 간첩이라고, 간첩!"

"저 사람이 간첩이 아니면 나중에 큰 탈이 날 수도 있습니다."

신 경장의 대꾸에 잠시 침묵이 이어졌습니다. 결국 하 경사가 말했습니다.

"슬슬 마무리하자. 마지막으로 살살 구슬려봐. 그러다 혹시 뭐가 나올지도 모르니까. 이제 함부로 더 손대지 말고."

"야! 하 경사!"

조 경사가 소리쳤지만 하 경사는 복도 저편으로 빠르게 걸어가버렸습니다. 철문 너머로 들리던 애국가와 조 경사의 씩씩거리는 숨소리가 뒤섞였지요.

당시 경찰이 마구잡이로 수사한 건 사실입니다. 하지만 그들은 엄연히 공무원이었고 공무원은 소위 보신주의를 뼛속 깊이 새긴 자들이지요. 만에 하나 일이 틀어지면 무사안일한 미래가 날아가는 거였습니다. 하 경사는 그래서 증거가 빈약한 조 경사의 주장을 흘려보냈던 거지요. 그 덕에 내 계획 또한 틀어지지 않았고요.

철문을 열고 신 경장이 먼저 취조실로 들어갔습니다. 조 경사가 마지못해 그 뒤를 따라가려는데 나는 급히 속삭였습니다.

"아무래도 이상합니다. 조금 전에 못 들으셨습니까?"

의아해하는 조 경사를 보며 나는 일부러 한 박자 늦게 말을 이었습니다.

"신 경장님이 조금 전부터 민영수를 '저 사람'이라고 칭했습니다."

"뭐? 진짜야?"

"그랬습니다. 민영수를 왜 그렇게 공손히 불렀을까요? 어쩌면 신 경장님이 민영수와 뭔가 우리가 모르는 관계가 있어서…."

"씨발!"

조 경사의 얼굴이 험악해졌습니다.

철문을 박차고 들어간 조 경사가 의자에 앉아 있던 신 경장을 냅다 걷어찼어요. 이번에는 기세가 거셌기에 덩치 큰 신 경장조차 컥, 소리를 내며 나동그라지고 말았지요. 밝게 빛나는 백열전구 아래, 더러운 바닥에 쓰러진 신 경장과 그걸 지켜보던 민영수의 얼굴에 놀람과 의아함이 뒤섞인 표정이 동시에 떠오르더군요. 조 경사가 소리쳤습니다.

"개새끼야. 너, 빨갱이야? 왜 간첩 새끼를 감싸고돌아?"

"네?"

당혹한 표정을 짓던 신 경장의 얼굴은 이어진 조 경사의 외침에 새카맣게 흐려졌습니다.

"너, 아까 '저 사람'이라고 했잖아! 빨갱이가 사람이야? 사람이냐고!"

빨갱이는 짐승이고 자유대한의 적이다. 자유대한의 적을 감싸는 자는 똑같은 적이다. 나는 빨갱이가 보낸 간첩으로 의심받는 자를 옹호하는 말을 뱉었다.

거기까지 생각이 미친 순간 신 경장은 직감했을 겁니다. 자신이 진퇴양난에 빠지고 말았다는 것을.

나는 겉으로 놀란 표정을 드러내며 속으로 웃었습니다. 지금까지는 계획한 대로 순조롭게 흘러가고 있었거든요. 아직도 내가 어느 쪽을 택할지를 두고 갈등하고 있었지만, 선택은 마지막의 마지막에만 하면 될 일이었지요.

5

가만히 있지를 못하는군요. 왜 그렇게 초조해하는 겁니까?

그렇게나 긴장되나요, 내 이야기가?

이제야 이야기의 진짜 모습이 살짝 드러났잖습니까? 조금만 더 들으면 모든 걸 환하게 볼 수 있습니다. 여기서 물러나면 아예 처음부터 듣지 않느니만 못할 겁니다. 지금까지 들은 이야기가 계속 머릿속을 맴돌며 괴롭힐 테니까요.

당신 모습은 마치 더 들을지 말지, 고르지 못하는 진퇴양난의 처지에 빠진 것으로만 보입니다.

진퇴양난. 이걸 요즘 말로는 딜레마라고 하지요?

신 경장 앞에 놓인 딜레마는 묵직했습니다. 그는

땀을 뻘뻘 흘리며 입을 벙긋거렸지만 정작 아무 말도 하지 못했어요. 그 모습에 조 경사는 더욱 확신했지요.

"신 경장! 너, 간첩 편이야? 빨갱이 앞잡이야?"

"아닙니다!"

신 경장이 반사적으로 외쳤습니다.

"그런데 왜 저 새끼를 사람 취급해?"

민영수에게 손가락질하며 조 경사가 소리쳤습니다. 이 공간에서 주도권을 쥔 것은, 물론 악마인 나를 제외한다면 조 경사였습니다. 그가 눈을 희번덕거리며 다시 외쳤지요.

"너, 공안 업무에 자원한 것도 다른 꿍꿍이가 있어서지? 예전부터 민간인 신원조회를 자주 요청하더라? 용의자도 아닌 사람을 왜 계속 조회한 건데?"

신 경장의 얼굴에 땀이 마구 흐르는 게 보였습니다.

이야기하는 걸 깜박했군요. 신 경장이 '취조'하는 업무에 지원한 건 사실 타의가 더 컸다는 것을 말입니다.

신 경장은 업무와 관계없는 민간인의 신원을 조회하는 일이 잦았습니다. 한두 번이면 모를까, 그런 일이 계속되자 경찰서 안에서 그런 행동에 의문을 가진 이가 점점 늘어났지요. 주위의 미심쩍어 하는 시선을 신 경장이라고 모를 리 없었습니다. 결국 자신의 애국심을 증명해야 했던 그는 빠르게 출세하는 길이라고 스스로 합리화하면서 남들이 꺼리는 '취조'에 뛰어들어야 했습니다. 조 경사는 그 껄끄러운 점을 찌르며 추궁한 겁니다.

"너 이 새끼, 간첩과 한패지? 북한 빨갱이 놈들이 남한 정보 넘기라고 지령 내린 거지?"

"아닙니다, 그런 게 아닙니다!"

신 경장의 외침은 필사적이었습니다. 하지만 그걸로 조 경사의 확신에 가까운 의심이 풀릴 리 없었습니다.

"그러면 새끼야, 빨갱이 끄나풀이 아니라 대한민국에 충성하는 놈이면 저 새끼는 네가 조져. 네 손으로 물에 처넣어서 저 새끼가 간첩이라고 불게 하란 말이야. 알았어?"

그때였습니다.

"다, 다 말하겠습니다. 다 말할게요!"

얼굴을 일그러뜨린 채 민영수가 외쳤습니다.

"그, 그년이 어디에 숨어 있는지 다 말할게요. 그러니 물에 집어넣지 마세요. 전 간첩이 아니에요!"

딜레마에 처한 이가 하나 더 있었다고 말하는 걸 잊었군요.

민영수는 레미콘 공장의 평범한 공원이었습니다. 고아가 되어 제대로 된 교육도 사랑도 받지 못하고 홀로 고독하게 살아온 불쌍한 이였지요. 늘 누군가의 품을 그리워하던 그에게 대학생이 나타났습니다. 야학의 학생과 교사로 만난 둘은 곧 사랑에 빠졌습니다. 대학생은 민영수에게 늘 말했어요.

영수 씨, 배워야 해요. 노동자도 배워야 이 나라가 독재를 타도하고 민주주의를 되찾아 통일을 이룰 수 있어요. 그러면 영수 씨가 잃어버린 가족도 찾을 수 있고요.

어떻습니까? 달콤한 속삭임 아닙니까?

달콤함에 잔뜩 취해 있던 민영수가 갑자기 경찰에게 연행된 뒤 대학생의 행방을 불라며 구타를 당하고 욕조에 억지로 집어넣어진 겁니다. 민영수의 영혼은 반나절 만에 그의 몸뚱이처럼 상처투성이가 되었습니다. 그는 계속 아무것도 모른다고 외쳤습니다. 사랑하는 이를 지키려는 마음이 그 정도로는 강했으니까요.

그런데 돌연 간첩으로 몰리고 만 겁니다.

간첩. 북한 공산당이 보낸 인간의 탈을 쓴 괴물. 그런 취급을 받는 순간 지금 겪는 봉변과는 차원이 다른, 삶이 산산조각 나는 미래가 다가올 게 분명했습니다. 대학생을 보호해야겠다는 생각이 순식간에 벗겨질 만했지요.

"뭐 해? 야, 신 경장!"

민영수의 말은 들은 체도 하지 않고 조 경사가 소리쳤습니다. 신 경장은 조 경사와 민영수를 번갈아 보며 어찌할 바 모르더군요.

나 역시 더는 망설일 수 없었습니다. 내게도 드디어 선택의 순간이 다가온 겁니다. 나는 신 경장에게 속삭였습니다.

"신 경장님, 가족을 생각하십시오."

효과는 확실했습니다. 나를 멀거니 쳐다보며 눈을 껌벅이던 신 경장이 곧바로 민영수의 머리끄덩이를 쥐었습니다. 민영수가 비명을 질렀습니다. '렌찌'의 악력이 아니었더라도 그럴 수밖에 없었겠지요.

"다 불게요! 전부 다 말할게요!"

덜덜 떠는 팔로 신 경장의 다리를 붙든 민영수가 필사적으로 소리쳤어요.

"그년은 지금 우리 공장에서 서, 서무계원으로 위장해 있어요. 제발 살려주세요! 전 간첩 아니에요! 살려주세요, 형사님, 아니, 형님!"

신 경장의 커다란 몸이 흔들리더군요. 민영수가 덜덜 떨어서인지 그도 몸을 떨어서였는지는 잘 모르겠어요. 민영수의 간절한 외침이 이어졌습니다.

"살려주세요, 형님, 형님!"

젠장! 내가 틀렸나?

나오려는 욕설을 간신히 참았습니다. 민영수의 돌발 행동은 자칫하면 지금까지 순조롭게 완성되어가던 내 계획을 송두리째 망치는, 그야말로 낭패할 흐름을 만들 것 같았어요. 욕이 나오는 것도 당연하지 않습니까?

하지만 신 경장은 멈추지 않았습니다. 민영수를 질질 끌고 간 신 경장은 그의 머리를 움켜쥐고 욕조로 들이밀었습니다.

민영수의 코가 물에 닿으려던 때였어요. 신 경장이 속삭였지요.

"신의용이 누군지 알아?"

아주 작은, 민영수만 들을 수 있는 속삭임이었습니다.

민영수가 버둥거림을 멈췄습니다. 나도 초조히 귀를 기울였습니다. 영겁 같은 찰나의 시간이 흘렀습니다.

"그, 그거, 제 어릴 적 이름인데…"

머리를 잡힌 채 민영수가 고개를 돌리려 애쓰는 게 보였습니다. 나는 침을 꿀꺽 삼켰고요. 민영수가 눈을 크게 뜬 채 작게 내뱉었습니다.

"혀, 형님…?"

순간 민영수의 머리가 욕조에 잠겼습니다. 마구 몸부림치는 민영수의 몸뚱이를 신 경장이 힘주어 눌렀지요. 신 경장을 돕는 척하며 옆에 서 있던 나는 그의 입에서 새어 나온 중얼거림을 들을 수 있었습니다.

"개새끼가, 이 개새끼가…."

민영수의 머리를 누르는 신 경장의 손이 떨렸습니다. 욕조 아래에서 공기 거품이 거세게 솟아올랐지요. 민영수의 버둥거림이 더욱 격렬해졌지만, 신 경장은 힘을 전혀 빼지 않았습니다. 거품이 서서히 줄어들어 더는 솟아오르지 않을 때까지, 신 경장은 계속 욕설을 쏟아냈습니다.

얼마나 시간이 흘렀을까요?

신 경장이 민영수를 끄집어내어 바닥에 팽개쳤습니다. 민영수는 더는 떨지 않았습니다. 그저 죽은 생선처럼 입에서 물을 줄줄 흘릴 뿐이었지요. 나는 백열전구의 노란빛을 받으며 민영수를 내려다보는 신 경장의 굳어진 얼굴을, 악문 입술을, 더는 떨지 않는 손을 보았습니다.

그렇게 신 경장은 자신이 마주한 딜레마에서 한쪽을 선택했습니다.

나는 웃음을 터트리지 않으려 애썼습니다.

그럴 수밖에 없지 않습니까? 내가 잘못 선택하지 않았다는 걸, 내 한마디가 나조차도 예상하지 못한 최고의 결과를 끌어냈다는 걸 알았으니까요.

6

아직 신 경장의 이야기를 하지 않았군요.

1950년, 그의 가족은 북한군의 침공을 피해 서울에서 남쪽으로 급히 피난을 떠났습니다. 열 살이었던 그는 동생의 손을 꼭 잡고 가족을 따라갔습니다. 멀고 낯선 길을 걸으며 처음 보는 이들의 두려움을 마주하면서 아무것도 모르고 칭얼거리는 동생의 손을 더욱 꼭 쥐어야 했습니다. 동생을 지키는 게 형인 그의 일이었습니다.

피난민 무리가 염곡리를 벗어날 즈음이었습니다. 쾅! 갑자기 뒤쪽에서 커다란 폭음이 터졌습니다. 혼비백산한 피난민들이 마구 달렸고 그의 가족도 비명을 지르며 뛰어갔지요. 가족을 쫓아가려고 애쓰며 그 역시 엉엉 울며 달리고 또 달렸습니다. 그러다 어느 순간 잡았던 손을 놓쳐버렸단 걸 뒤늦게 알았어요. 그렇게 네 살이던 동생을 잃었습니다.

피난지 부산에서도, 전쟁이 끝나 서울로 돌아온 뒤에도 그와 그의 가족은 잃어버린 아이를 찾으려 애썼습니다. 그들은 어릴 적 돌에 머리를 찧어서 뒤통수 오른편에 긴 흉터가 있다는 미약한 특징 하나만으로 아이를 찾으려 했지요. 하지만 도저히 찾을 수 없었어요. 〈이산가족을 찾습니다〉가 방송된 것은 그로부터 10년 뒤였고, 그전까지 민간인이 헤어진 가족을 찾을 방법은 거의 없었거든요.

그래서 신 경장은 경찰이 되었습니다. 그가 자주 신원조회를 요청한 것은 잃어버린 동생을 찾으려고 한 일이었지요.

그의 마음속에는 아물지 않은 상처가 생생했습니다.

내가 동생의 손을 놓지 않았다면, 내가 좀 더 힘주어 손을 쥐고 있었더라면.

상처는 마음의 동요가 일 때 버릇처럼 손을 쥐었다 펴길 반복하는 버릇이 되었습니다.

그런 그의 눈앞에 민영수의 머리카락에 가려져 있던 오른편 뒤통수 흉터가 드러났던 겁니다. 하필이면 자기 손으로 민영수의 머리를 물속에 집어넣은 그때 말이지요.

신 경장은 급히 취조를 중단하고 민영수의 신상을 꼬치꼬치 캐물어 그가 네 살 때 서울 근교에서 가족을 잃었다는 걸 확인합니다. 하지만 정작 가족을 전혀 기억하지 못하는 눈치라서 신 경장은 당연히 초조해졌지요. 그때 조 경사가 말한 겁니다.

이 새끼, 간첩이야!

반공이라는 이름의 폭주 열차에 올라탄 조 경사의 출세욕 때문에 일은 순식간에 걷잡을 수 없이 흘러갔습니다. 간첩 편이라는 의심을 받아 어쩔 줄 몰라 하던 신 경장에게 내가 말했죠.

가족을 생각하십시오.

신 경장의 눈앞에는 잃어버린 동생으로 의심되는 자가 있었습니다. 집에는 부모와 아내, 그리고 자식들이 기다리고 있었고요.

어느 쪽을 선택해야 할까? 오래전에 잃어버린 동생? 지금 내 곁에 있는 가족?

신 경장은 마지막까지 희망의 끈을 놓지 않았습니다. 그는 최후의 순간에 잃어버린 동생의 이름을 직접 입에 올려 물었습니다. 그리고 민영수는 그게 자기 이름이었다고 답했지요.

신 경장은 민영수를 버렸습니다. 민영수가 거짓말

을 하고 있다고, 그를 잃어버린 동생과 비슷한 흉터를 가진 괘씸한 가짜라 여기기로 한 겁니다.

'낭패불감(狼狽不堪)'이라는 사자성어를 아십니까? 낭(狼)은 앞다리가 긴 동물이고 패(狽)는 앞다리가 짧은 동물이라고 해요. 둘은 서로 같이 있어야 설 수 있고 떨어져 있으면 한 발짝도 움직이지 못한다지요. 마치 한 몸이나 마찬가지여야 할 둘이 서로 떨어져버린 처지를 가리키는 이 단어는 '낭패'라는 말의 어원이고 '진퇴양난'과 같은 의미로 쓰입니다.

참 이상하지 않습니까? 몸 한쪽이 떨어져나간 것처럼 간절히 찾던 동생을 만나자마자 제 손으로 죽여버린 형이라니. 이건 낭패라고 할 수조차 없는 꼬락서니잖아요?

아, 잠깐만요. 조금만 진정할 시간을 주겠습니까? 그때의 난장판, 그렇게 순식간에 여러 인간의 영혼이 타락하던 꼴을 생각하면 지금도 웃음이 나온단 말입니다.

많이 취하신 것 같군요. 하긴, 블랙 마티니가 독한 술이기는 합니다. 도수 높은 보드카가 베이스인 칵테일이니까요.

왜 그리 얼굴을 일그러뜨립니까? 편하게 들으세요, 편하게.

그저 이야기일 뿐입니다. 누군가 실제로 겪은 일이긴 하지만, 이미 지나간 옛일이기도 합니다. 지금은 그저 인간이 타락하고야 만 즐거운 사례로 소모하는 게 고작이라고요.

신 경장이 민영수를 욕조에서 끄집어냈을 때 이미 민영수는 유명을 달리했습니다. 조 경사가 바닥에 쓰러진 민영수를 걷어차며 욕하다가 사태를 뒤늦게 알아차렸지만 때는 늦었어요. 고아 민영수는 대학생이 자신에게 빛을 보여준 걸 고마워하며 그녀를 평생의 은인으로 생각했었습니다. 하지만 죽기 전 은인이자 연인인 대학생이 숨은 곳을 불면서 배신자로 타락했고 자기 죄를 반성할 말미조차 주어지지 않았지요. 피라미는 죽고, 나는 질 좋은 영혼을 수거했습니다.

신 경장의 타락은 내 의도대로였습니다. 하지만 민영수의 타락은 뜻밖의 수확이었어요.

그게 무슨 소리냐고요?

나는 신 경장을 트롤리 딜레마로 이끌었던 겁니다.

제동장치가 망가진 반공호 기차가 질주하는 상황에서 두 갈래 선로 중 한쪽에는 민영수 한 명이, 다른 쪽에는 신 경장의 가족 다섯 명이 있었지요. 선로 전환기 레버를 잡은 신 경장은 폭주하는 기차의 방향을 어느 쪽으로 돌릴지 정해야 했습니다. 그리고 결국 민영수를 버리고 가족을 구하기로 한 거지요.

공교롭게도 그때 나 역시 트롤리 딜레마에 처해 있었어요. 신 경장과 달리 어느 쪽이 기차에 치여 타락할 영혼이 많을지를 재며 갈등한 거였지만요. 민영수 쪽? 아니면 신 경장 쪽? 고민 끝에 나는 민영수를 버렸습니다. 민영수가 대학생을 배신하도록 유도하는 것보다는 신 경장이 동생을 죽음으로 내몰게 하는 편이 더 타락할 자가 많다고 계산한 거지요. 그런데 내 선택 직후에 민영수가 스스로 비밀을 뱉었던 겁니다. 계산이 어긋났나 싶어 아찔했어요.

하지만 신 경장은 결국 제 손으로 동생을 죽이는 선택을 했습니다. 내가 포기한 피라미까지 손아귀에 들어왔으니, 트롤리 딜레마에서 악마가 최고의 결과를 얻은 겁니다. 얼마나 즐거운 일입니까?

아니, 어딜 가십니까?

급하게 뛰쳐나가시길래 당신이 도망친 건가 싶었단 말입니다. 도망쳐봤자 금방 쫓아갈 수 있지만요. 그런데 설마하니 화장실에 토하러 갔을 줄이야.

화장실도 이야기하기 좋은 장소로군요. 말소리가 울리는 것이며, 습한 공기며, 그날의 취조실이 떠오르는군요.

다 토하셨습니까? 그렇게나 마구 게워낼 줄은 몰랐네요. 이건 취기 때문인가요, 아니면 내 이야기가 버거워서인가요? 일단 물은 내려드리지요. 토사물을 보면서 즐거운 이야기를 나눌 수는 없잖습니까?

움직이지 마세요. 가만히 계십시오. 더 토해야 할지 모르잖습니까?

계속 몸을 비틀고 버둥거려도 소용없습니다. 이렇게 등을 슬쩍 누르는 것만으로도 당신이 지금처럼 고개를 못 들게 할 수 있어요. 이것도 그때 경찰서에서 배운 기술입니다. 큰 힘을 들이지 않고 인간을 꼼짝 못하게 제압하는 방법이지요.

숨소리가 거칩니다. 등을 좀 쓸어드리겠습니다.

왜 이렇게 몸을 덜덜 떠십니까? 아직 이야기가 남아 있어요. 그것도 마저 들어야죠.

인간을 죽인 자는 처벌받아야 했습니다. 조 경사가 대가를 치르게 되었지요. 물론 민영수를 죽인 건 조 경사가 아니었지만 조급함 때문에 충동적으로 일을 지시했다가 사달이 난 거였으니까요. 결국 그는 출세와 영

영 멀어지고 말았지요. 몇 년 뒤 난 경찰 옷을 벗고 어느 술집에서 대장인 양 행세하다가 조폭의 칼에 찔려 죽은 그의 영혼을 수거했습니다.

조 경사가 징계를 받은 데는 나 경위와 하 경사의 뜻이 들어가 있었습니다. 조 경사는 조직에 필요 없는 인간이었지만 신 경장은 그렇지 않다는 판단이었죠. 나 경위와 하 경사는 조 경사에게 모든 짐을 떠넘기고 책임을 회피했습니다. 그들은 나중에 경찰 고위직으로 승진하거나 지방 경찰서의 실세가 되었지요. 물론 그들의 영혼 역시 훗날 수거했습니다. 애국심에 절여져 질이 좋았던 데다 자기가 져야 할 책임을 몇 번이나 남에게 떠넘기며 훌륭히 타락했거든요.

대학생의 영혼 역시 나중에 거둬갔어요. 어느 순간 그녀는 자신이 외치던 민주주의와 통일의 구호 대신 구원과 회개를 외치는 교회의 구호에 몸을 맡겼습니다. 체포되고 취조당하며 몸과 마음을 다친 탓이 클 겁니다. 교회를 다니며 기도하면서도 대학생은 자신과 의견이 다르면 모조리 적으로 몰아세우며 증오했지요. 무척 훌륭하게 타락하지 않았습니까?

잘 안 들립니다. 입에 고인 침은 뱉고 말씀해주세요.

신 경장은 그 뒤 어떻게 되었냐고요?

그도 민영수의 일로 징계를 받았습니다. 하지만 조경사에 비하면 그리 무거운 게 아니었어요. 게다가 레미콘 공장에 숨어 있던 대학생을 제 손으로 체포하고, 배운 기술을 활용해 잘 취조하여 불온한 이를 여럿 색출한 덕에 그의 앞길은 다시 활짝 열렸습니다. 송사리는 더 이상 송사리가 아니게 된 거지요. 이후 그는 다시는 사사로운 목적의 신원조회를 요청하지 않았습니다. 주먹을 쥐었다 펴는 버릇 또한 사라졌고요.

이왕 선택에 관한 이야기를 했으니 문제 하나 내겠습니다. 나중에 신 경장이 어떻게 되었는지, 당신이 한번 맞혀보겠습니까? 두 가지 가능성을 말할 테니 어느 쪽이 진짜 있었던 일인지를 맞히면 됩니다. 술을 골랐을 때와 마찬가지로 양자택일이에요. 쉽지요?

우선 하나를 제시하겠습니다.

그날 이후 신 경장은 술에 절어 살았습니다. 취조실에서는 부인하고 욕했지만 자기 손으로 동생을 죽이고 말았다는 죄책감이, 욕조에 밀어 넣은 동생의 머리 감촉이 손에 무겁게 남아 도무지 떨어지지 않아서였지요. 그걸 잊으려고 술을 마실수록 그의 손은 더욱 떨렸어요. 결국 그는 제 몸 하나 제대로 가누지 못하게 되어 경찰을 떠나야 했고 남은 생애 내내 손과 온몸을 덜덜 떨며 살아가야 했습니다.

이건 어떻습니까?

신 경장은 그날 이후 열심히 일했고 몇 차례 행운이 따라주어 나 경위와 하 경사보다 더욱 승승장구했습니다. 훗날 여당의 국회의원 후보로 공천받을 정도였으니까요. 그때 고문 경찰이었다는 이력이 드러났지만, 오히려 자신은 우국충정으로 일했다고 당당히 외쳤고, 아무런 타격도 받지 않은 채 노환으로 입원할 때까지 여생을 안락하게 보냈습니다.

과연 어느 쪽이 정답일까요?

모르겠다고요?

그래도 부디 들려주세요.

당신의 대답으로 당신이 어떤 인간인지가 드러날 테니까요.

폐막

이야기는 재미있었습니까?

참으로 즐거운 밤입니다. 하지만 당신 표정이 여전히 어둡네요. 한 번의 토악질로는 취기가 말끔히 씻기지 않았나 봅니다.

내게 묻고 싶은 게 있군요. 아니, 말하지 않아도 됩니다. 당신이 정말로 알고 싶은 게 무엇인지, 잘 아니까요.

이자는 왜 나를 이곳으로 데려온 것일까? 이 이야기들은 실제로 벌어진 일일까? 나 역시도 앞선 이야기의 등장인물들과 같은 결말을 맞는 건가? 당신은 그걸 알고 싶은 거지요?

악마인 나로서는 당신에게 이런 이야기를 들려주는 게 당연했습니다. 왜냐고요?

당신 영혼이 내 것이니까요.

당신은 타락해야 마땅한 존재입니다. 자기가 바르게 산다고, 많은 것을 안다고 우쭐대지만, 정작 자신의 무능함을 직시하지 못하고 죄를 저지르는 더러운 존재입니다.

아니라고요? 당신은 죄에 물들지 않았다고요?

나는 알고 있습니다. 당신 안에 얼마나 엄청나고 무시무시한 것들이 도사리고 있는지를요. 끄집어내는 순간 세상의 증오를 받을 게 분명한 추악한 것들을 당신은 용케 숨겨왔습니다. 스스로 입 밖에 꺼내길 두려워할 만큼.

하지만 당신은 언젠가 피할 수 없는 선택을 앞두고, 속에 숨긴 걸 온전히 드러내야만 할 겁니다. 당신 속에 품고 있는 악을 부정하지 마세요. 작은 악의 씨앗을 틔워 무럭무럭 자라난 게 바로 인간이라는 존재니까요. 겉으로야 씨앗의 흔적을 찾아볼 수 없지만, 속에 품은 근원을 부정할 수는 없잖습니까? 그렇기에 인간은 어느 순간 반드시 악을 지향하고 실천합니다. 내 이야기 속 인간들이 결국 선택의 기로에 놓였을 때 악을 골랐던 것처럼. 당신 또한 마찬가지입니다.

당신은 인간답게 추악한 선택지를 고른 뒤 부정한, 미움받을 자격이 있는 존재로 거듭나겠지요. 자신을 미워하면서도 다른 인간을 악으로 거리낌 없이 물들이고, 악마를 닮아가고, 악마보다 더 지독한 것으로 변하겠지요.

악마는 자기 자신을 미워하는 자를 사랑합니다.

그러니 타락하는 인간을 지켜보는 게 즐거울 수밖에요. 나의 친구, 나의 벗이 늘어나는 거니까요! 맛있는 술과 재미있는 이야기를, 탐스럽게 타락한 영혼을 지닌 벗과 함께 나누는 기분이야말로 참 각별하지 않겠습니까? 나의 친구여.

아, 잠깐만요.

미안합니다. 갑자기 알람이 울려서 놀랐지요? 놀란 건 나도 마찬가지입니다. 중요한 소식이 있을 때만 울리는 건데, 하필 이게 지금 울리다니요.

잠깐만요, 세상에!

당신, 운이 좋군요.

당신은 지금, 악마가 내민 손길을 악마 스스로 거두는 걸 보고 있습니다. 당신 영혼을 이참에 확실히 타락시키려고 했는데, 그걸 미루기로 했단 말입니다. 당장 여기를 나가야 합니다. 얼른 어리석은 인간들 사이로 끼어들어야 합니다. 그들 사이에 섞여서 몇 마디 말과 속삭임을 넣어 죄다 타락시켜야 합니다!

무슨 일이냐고요? 당신도 TV를 틀어보면 알게 될 겁니다. 인간들이 이번엔 또 어떤 어리석은 짓을 성대하게 저질렀는지를요.

서둘러야 합니다! 아까도 말했잖습니까? 최대 다수의 최대 타락! 당신 하나를 타락시킬 만큼의 노력을 쏟으면 바깥에서 얼마나 많은 인간이 타락하게 될지, 짐작도 가지 않는군요! 아, 정말로 기대됩니다! 깜짝 축제가 벌어진 것만 같아요!

당신, 지금 용케 시간을 벌었다고 생각했지요?

하지만 나는 당신을 계속 지켜볼 겁니다. 장담하지요. 당신은 내게서, 타락하는 길에서 도망칠 수 없어요. 결국 내 손아귀에 들어오게 될 겁니다. 당신의 보잘것없는 영혼은 무저갱에서 허우적거리겠지요. 영원히.

그러면 이만 가보겠습니다.

술값은 내가 내겠습니다. 처음에 약속했잖아요? 나는 약속을 잘 지키거든요.

오늘 당신과 이야기할 수 있어서 즐거웠습니다. 다음에 나를 만났을 때 당신이 훌륭히 타락한 영혼을 지니고 있기를, 나와 어울릴 만한 존재가 되어 있기를 진심으로 바랍니다. 다음이 언제가 될지는 모르겠습니다. 어쩌면 아주 금방일 수도 있습니다.

남은 시간 동안 즐거이 지내십시오.

부디 당신이 무사히 타락하기를.

작가의 말

작가와 악마는 같은 존재입니다.

작가는 작품에 등장하는 인물의 평온한 삶을 농락하고 앞에 놓인 길을 마구 뒤틀어 버립니다. 고난에 처해 괴로워하는 인물을 지켜보며 더한 곤경에 던져넣을 방법을 궁리합니다. 그야말로 악마가 할 짓 아닙니까?

어떤 작품을 쓸지 궁리하다가 문득, 인간을 농락하는 악마가 주인공인 소설을 떠올렸습니다. 그래서 이 작품들을 썼습니다.

독자인 당신은 이렇게 생각할지도 모릅니다. 작가는 작품에 제 목소리를 담으니, 이야기 속 악마처럼 생각할 거라고, 인간이 만들어가는 혹은 망쳐가는 세상을 지켜보며 인간은 사악해져야 마땅한 존재라고 여기며 비웃으리라고, 악마야말로 작가의 본모습이라고.

하지만 작품 속에서 인간을 비웃고 조롱하며 유혹에 빠트리는 악마도 정작 작가에게 농락당하는 등장인물일 뿐입니다. 작가는 작품을 좌지우지하는 존재니까요. 그렇다면 악마의 말은 작가가 하고 싶은 말을 배배 꼬고 뒤집은 것이고, 인간의 타락을 기뻐하는 악마의 비웃음에는 작가의 비통함을 담았으며, 악마처럼 되라고 권하는 말은 실은 악마처럼 되지 않았으면 하는 바람을 담은 것이겠지요.

작가와 악마는 다른 존재입니다.

어느 쪽이 진실일까요?

당신 앞에 두 갈래 길이 놓였습니다. 어떤 답이 마음에 드십니까?

이제 와서 작가에게 왜 이런 이야기를 썼냐고 물어봐도 소용없습니다. 작가는 뻔뻔하게 대답할 겁니다.

나는 그저 재미있는 이야기를 썼을 뿐입니다.

이 말을 믿을지 의심할지는 당신 마음대로입니다. 이 작품을 어떻게 받아들일지 또한 온전히 당신에게 달려 있습니다.

의혹에 사로잡힌 당신을 보면서 미소 짓다가, 작가는 태연히 제안할 겁니다.

한잔합시다. 뭘 마시겠습니까?

부디 당신이 무사히 타락하기를

초판 1쇄 펴냄 2025년 6월 18일

지은이 무경	펴낸곳 나비클럽
펴낸이 이영은	출판등록
편집장 한이	2017. 7. 4. 제25100-
교정 오효순	2017-0000054호
디자인 조효빈	주소 서울특별시 마포구 동교로
x 일상의실천	22길 49 2층
	전화 070-7722-3751
홍보·마케팅 김소망	팩스 02-6008-3745
제작 제이오	메일 nabiclub@nabiclub.net
	홈페이지 www.nabiclub.net
	페이스북 @nabiclub
	인스타그램 @nabiclub

ISBN 979-11-94127-19-2(03810)

이 책은 저작권법에 따라 보호를 받는 저작물이므로 무단 전재와 무단 복제를 금지하며, 이 책의 전부 또는 일부를 이용하려면 반드시 지은이와 나비클럽의 서면동의를 받아야 합니다.

잘못된 책은 구입처에서 바꿔 드립니다.